Le Soleil d'Orient

ISBN : 2-7459-1075-2

ÉVELYNE BRISOU-PELLEN

Le Soleil d'Orient

MILAN POCHE
HISTOIRE

La Bretagne
Paimpol
Brest
Les Salles
Quimper
Hennebont
L'Orient
Port-Louis
Plœmeur
Larmor
Van
Île de Groix
OCÉAN
ATLANTIQUE
Quiberon
Belle-Île

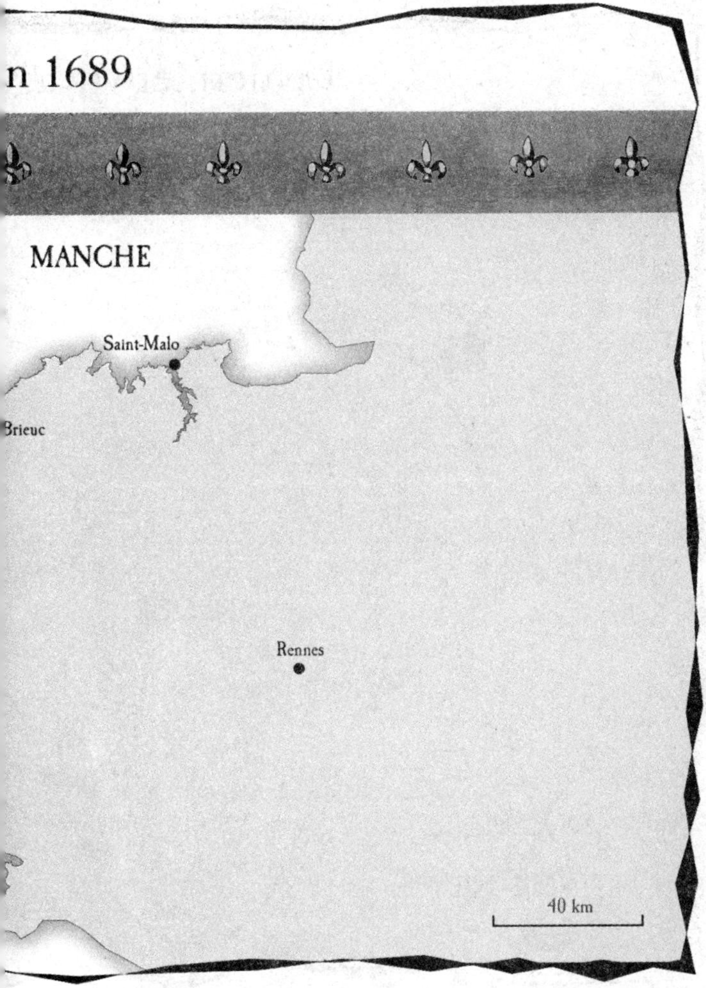
n 1689
MANCHE
Saint-Malo
Brieuc
Rennes
40 km

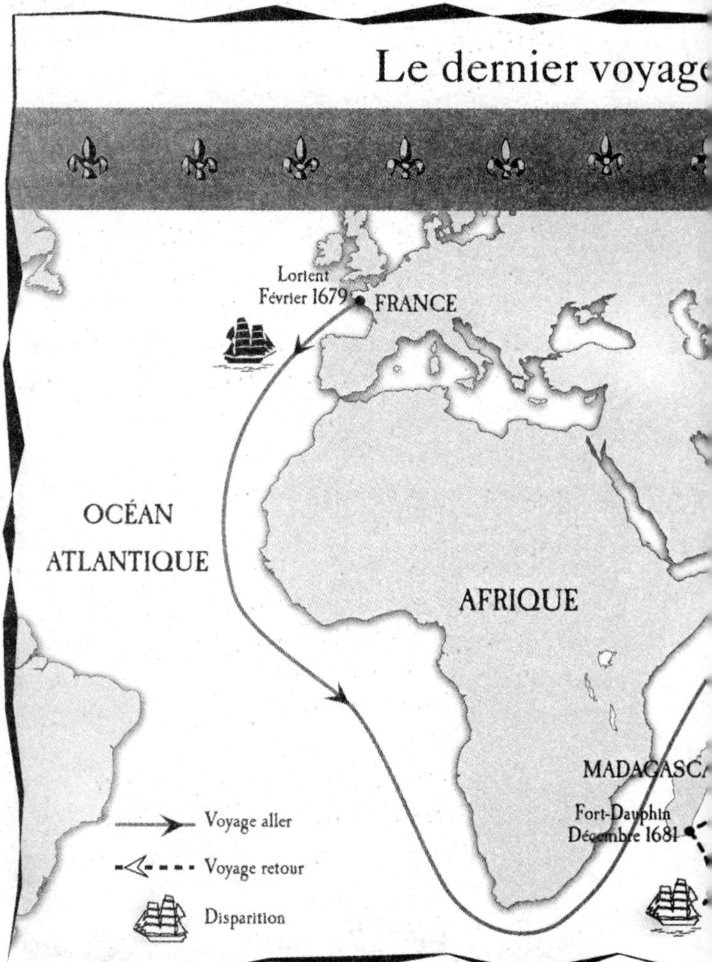
Le dernier voyag
Lorient
Février 1679
FRANCE
OCÉAN
ATLANTIQUE
AFRIQUE
MADAGASC
Fort-Dauphin
Décembre 1681
Voyage aller
Voyage retour
Disparition

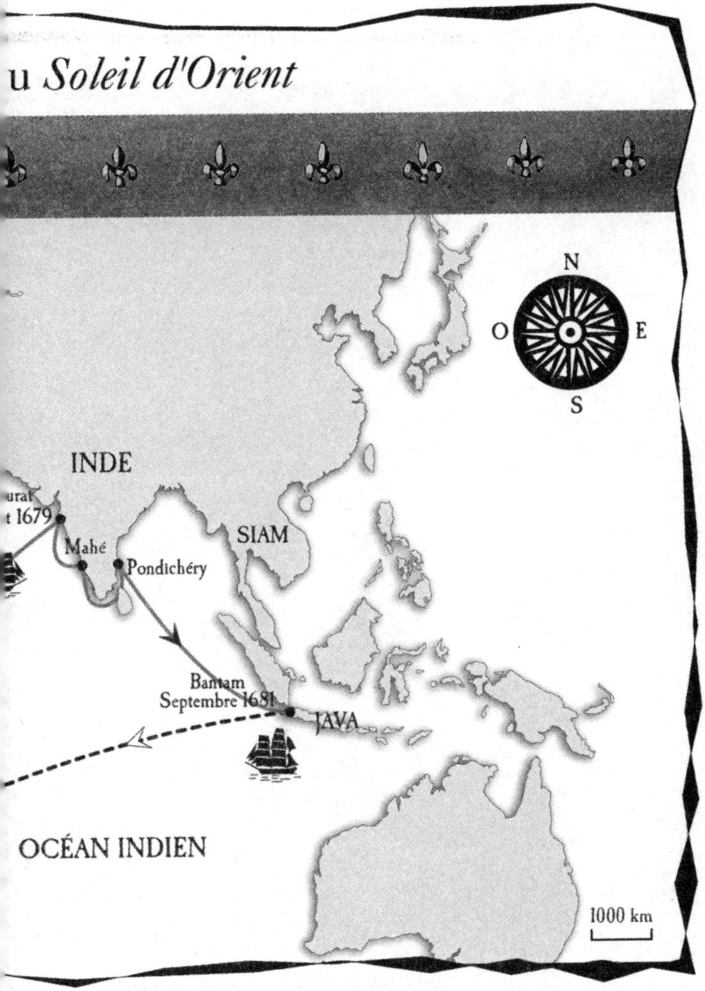
u *Soleil d'Orient*
N
O
E
S
INDE
Mahé
Pondichéry
SIAM
Bantam
Septembre 1681
JAVA
OCÉAN INDIEN
1000 km

CHAPITRE 1

Mon père est parti un 1er février, il y a dix ans de ça. Il n'est jamais revenu. Il a embarqué sur le *Soleil d'Orient*, le plus beau de nos navires, toutes voiles dehors. J'ai l'impression de m'en souvenir et, pourtant, je n'avais qu'un an. J'étais sur le quai et je faisais des signes de la main. Comme tout le monde, comme toutes les familles de marins et d'officiers. Sauf que mon père n'était ni marin ni officier, mais écrivain. Son travail était de tenir le livre de bord du bateau et de veiller sur la cargaison.

Ça ne changeait rien. Il n'était plus là. Quand j'avais trop de peine et de rage, je fixais la mer longtemps, avec intensité, jusqu'à ce que ma vue se brouille et que des taches de lumière éclatent dans ma tête. J'étais sûr que, à force, ça le ferait revenir. Je guettais sans désarmer l'instant où ses voiles poindraient au bout de notre horizon, car je gardais espoir. Seul l'espoir pouvait me faire tenir.

Mon attention fut attirée par le vol des mouettes qui, par ce froid matin de février, tournoyaient au-dessus de l'îlot de la Jument. Le ciel était bleu, et leur cri vibrait bizarrement dans l'air. Était-ce un signe ? Celui que j'attendais ?

Malheureusement, contrairement à ma mère, je ne savais pas interpréter les signes. Ni le vol des mouettes, ni leurs cris, ni le bruit des vagues berçant les algues.

De l'autre côté de l'îlot, la citadelle qui gardait Le Port-Louis semblait en alerte. Comme moi, elle surveillait le vaisseau qui remontait lentement le chenal. Le temps était si clair que je distinguais parfaitement les soldats qui se pressaient sur les remparts. Par instants, le soleil, frappant le fer de leur pertuisane[1], renvoyait des éclairs. Depuis que la guerre avec les Anglais et les Hollandais était déclarée, ils s'étaient multipliés dans la citadelle. Comme des moules sur un rocher.

J'avais beau m'y attendre, le coup de canon tiré par le vaisseau me fit tressaillir.

Le clocher de l'église, planté sur sa grosse tour carrée, lui répondit. Ding ! Ding ! Notre sonneur était très vigilant. Il avait, lui aussi, guetté le passage du bateau. Sur le pont, les marins, tête nue, murmuraient une prière. C'est qu'ils allaient aborder la vaste mer, et ceux qui oubliaient de saluer l'église Notre-Dame en passant devant Larmor ne revenaient pas. Ils sombraient dans l'eau noire et glacée, et la mer refusait à tout jamais de rendre leur corps.

1. Lance à long fer triangulaire.

Le navire, voiles superbement gonflées de vent, avait fière allure; cependant il ne pouvait rivaliser avec le vaisseau qui avait emporté mon père. Le *Soleil d'Orient*... Un nom qui sonnait merveilleusement. Mille tonneaux, soixante canons, trois cents hommes d'équipage... Il ne pouvait pas avoir coulé comme une vulgaire barcasse. Non, il ne pouvait pas. Il avait eu une avarie, avait abordé une île et attendait d'en repartir. Quand on est naufragé, toute réparation prend du temps. Il faut trouver un moyen de calfater sans goudron, de boucher les trous sans bois...

Je suivis des yeux le navire qui s'éloignait, traçant dans la mer son sillage blanc. Pas d'autre voile à l'horizon. Si le *Soleil d'Orient* s'était échoué, il n'y avait pas de soucis à se faire. Dans les îles du Sud, on trouvait des sources partout, des arbres croulant sous les fruits, du gibier qui, n'ayant jamais vu d'homme, se laissait cueillir comme une fleur.

J'ôtai mon grand chapeau de feutre noir, et mes cheveux me volèrent dans la figure. Je m'accroupis vivement derrière un rocher pour me mettre à l'abri du vent. Le bateau me cachait maintenant l'île de Groix qui dressait ses falaises plein sud. Entre mes pieds nus, sur le sable, je traçai mon nom du bout du doigt. « Lucas Matelyer ». C'est tout ce que je savais écrire, et je devais m'entraîner pour ne pas l'oublier.

J'étais allé plusieurs fois demander au curé de me le montrer sur le registre des naissances.

Jusqu'à le graver dans ma mémoire. J'aurais bien voulu connaître d'autres mots, mais c'était difficile : je ne pouvais pas fréquenter l'école, ça coûtait trop cher.

Ce qui me faisait le plus mal au cœur, c'était la certitude que, si je n'apprenais pas à lire, je serais toujours un ignorant. Je ne saurais rien de plus que ma mère ou mon frère. Or je soupçonnais qu'il y avait de par le monde des choses étonnantes que personne ne connaissait ici, et qu'on ne trouvait que dans les livres.

Trémeur, mon frère, savait un peu lire, car il avait eu la chance d'apprendre avec notre père (il avait onze ans en 1679, à son départ).

Le *Soleil d'Orient* était arrivé aux Indes, à Surate, en août. Il avait ensuite assuré pendant deux ans le commerce le long des côtes entre Mahé et Pondichéry*. Je connaissais ces noms par cœur, ils me faisaient rêver. Moi aussi, un jour j'irais ; j'irais chercher l'or et les épices au-delà des mers.

Les marins qui avaient vu le *Soleil d'Orient* pour la dernière fois disaient qu'il avait appareillé de l'île de Java en septembre 1681 pour rentrer en France. Seulement il n'était jamais arrivé.

– Eh ! Lucas, tu rêves !

Hanternoz bondissait vers moi de rocher en rocher. L'heure de la pêche avait sonné, on pouvait lui faire confiance, il avait une horloge dans la tête.

Yves Hanternoz avait le même âge que moi, cependant il ne me ressemblait pas du tout. Il était beaucoup plus petit, moins maigre – ce qui n'était pas difficile, car on me voyait tous les os sous la peau. Je lui enviais son nom de famille, qui n'était pourtant dû qu'au hasard : il n'en avait justement pas, de famille. Le curé l'avait trouvé sous le porche de l'église en pleine nuit et, plutôt que de l'appeler « minuit » (car le curé connaissait le français), il avait choisi le mot breton.

« Hanternoz », c'était joli, mais ça ne lui allait pas vraiment : il était blanc comme un os de seiche. On prétendait qu'il était le fils d'une femme du Nord qui se rendait à Nantes où elle voulait embarquer pour le Canada. En tout cas, il avait la chance de manger à sa faim toute l'année, vu qu'il était élevé au château. La raison en était que, pour chaque enfant trouvé qu'il hébergeait, le seigneur gagnait un droit supplémentaire « de varech » : il pouvait alors s'approprier une plus grande partie de ce que la mer rejetait, et en particulier du goémon.

Hanternoz ôta ses bas-de-chausses[1] pour entrer dans l'eau. Moi, je n'en portais jamais. Été comme hiver, j'allais en simple bragou[2], rapiécé un peu partout (il avait appartenu à un oncle, puis à mon frère avant moi), et j'avais souvent très froid.

1. Ancêtres des chaussettes.
2. Pantalon court, ample, serré aux genoux.

Des bas-de-chausses, nous n'avions pas les moyens d'en acheter. En plus, c'était fragile, ça se trouait ; il aurait fallu les porter avec des souliers, et je n'en possédais pas. Même les sabots, je ne les mettais que le dimanche.

Hanternoz plongea sous un rocher un filet monté sur un cerceau et lui fit faire un mouvement tournant pour racler le dessous des algues.

– Viens par là, crevette, chantonna-t-il, viens dans mon filet, tu y seras bien à l'abri.

Puis il retira le filet. Dedans, aucune agitation, pas le moindre claquement de queue. Ni crevette, ni bouquet. Que du goémon. Je rigolai :

– Elles ne sont pas si bêtes. Tu leur sers ton baratin à chaque marée, et elles finissent toujours par se faire bouffer. À force, ça doit se savoir, là-dedans.

De toute façon, les crevettes n'aimaient ni le froid ni le vent. On se demandait bien où elles passaient par mauvais temps, mais elles disparaissaient.

Je m'armai de ma lame de couteau et me mis à la recherche de ces petits chapeaux pointus semés sur les rochers : les berniques. Il y en avait de moins en moins, parce que les greniers étaient vides et que la faim ramenait tout le monde sur la grève. Même aujourd'hui, par ce vent glacé, on apercevait ici et là des tas noirâtres dans les rochers : les veuves sans ressources qui ramassaient des bigorneaux.

Moi, je préférais la chasse à la bernique, car elle demandait de l'astuce et de la rapidité. Si on n'arrivait pas à glisser le couteau sous la coquille du premier coup, la petite futée se collait au rocher avec une telle force que rien ne pouvait plus l'en détacher.

– La morue, me dit soudain Hanternoz, c'est autrement plus gros que la crevette et beaucoup plus rentable. Je vais y aller. À Terre-Neuve, il paraît que la mer en grouille et qu'il suffit de laisser couler un panier dans l'eau pour en remonter. Et ça se vend bien, c'est à la mode.

Je ne m'affolai pas. Hanternoz changeait de rêve deux fois par jour. Il avait été tour à tour montreur de singe (mais comment se procurer un singe ?), explorateur (sans bateau ni argent), découvreur de trésors (encore fallait-il savoir où chercher).

Je me contentai de lui faire remarquer :

– Terre-Neuve, c'est salement froid.

La vieille Marie – toujours une oreille à traîner – s'approchait de nous en soulevant le goémon pour débusquer les crabes.

– La morue, quelle bêtise ! s'exclama-t-elle. La sardine et le merlu, ça se vend tout aussi bien sans qu'on aille au diable pour les pêcher. Une petite barque le long des côtes, et ça suffit. Et puis, au nord (elle baissa la voix), le soleil fait un bruit épouvantable en se couchant dans la mer.

Hanternoz ricana.

– Et si on va trop loin, reprit-elle d'un air fâché, on tombe dans un gouffre. C'est pour ça qu'il y a des bateaux qui ne réapparaissent jamais. Et qu'on ne sait jamais ce qu'ils sont devenus.

Elle n'avait pas tellement tort, la mer était pleine de pièges et de mystères, et même ceux qui avaient passé leur vie dessus continuaient à en avoir peur.

Le froid me pinçant les mollets, je finis de remplir mon panier le plus rapidement possible. Il fallait encore que je passe chercher du pain, j'avais promis. Ma mère ne voulait plus y aller parce que c'était trop dur.

Et pour moi, ce n'était pas dur peut-être ?

À vrai dire, la boulangère, je m'en fichais. Mon problème était juste, si elle me refusait du pain, de rentrer à la maison.

Je donnai rendez-vous à Hanternoz pour la marée du soir et je remontai vers le village. Lentement. De plus en plus lentement. Chaque pas me coûtait. Je m'obligeais à respirer posément.

CHAPITRE 2

Cette grosse loche de boulangère tenait son échoppe plus salement qu'une soue à cochon. C'était à cette pensée que je devais m'accrocher. Pour la mépriser.

– Un pain de dix livres, s'il vous plaît, demandai-je avec la plus exquise politesse.

– De dix livres ! s'exclama-t-elle en ricanant. Rien que ça !

De toute façon, j'aurais demandé la moitié, sa réponse aurait été la même.

– Remarque bien que je te les donnerai sans problème, ajouta-t-elle d'un ton sirupeux, quand tu m'auras réglé ce que tu me dois.

– Qu'est-ce que ça vous coûte, d'ajouter ça sur notre note ? répliquai-je. Un pain de plus ou de moins...

– Comme tu dis. Un pain de plus ou de moins, ça sera pareil pour vous.

Un jour, je lui ficherais mon poing dans la figure, à celle-là.

– Si on n'a rien à manger, insistai-je bravement, on n'aura pas la force de travailler, et on ne pourra jamais vous rembourser ce qu'on vous doit.

– Raison de plus pour ne pas aggraver votre cas, répliqua-t-elle avec la plus parfaite méchanceté. D'autant que pour ce que vous travaillez...

Elle souleva sa fille (une gosse de quatre ans qui promettait de devenir aussi moche que sa mère) et l'assit sur le comptoir pour nouer ses lacets. J'étais certain qu'elle faisait exprès. Pour me montrer que, chez elle, on portait des souliers.

– Mon frère est journalier chez Le Floch, rétorquai-je. Est-ce notre faute si les paysans payent mal ?

– Si ton frère ne dépensait pas tout au cabaret, ça irait mieux, non ?

Elle n'avait pas tort, mais je ne supportais pas qu'on médise de Trémeur. Mon frère était très malheureux. La disparition de notre père lui avait porté un coup fatal : plus d'argent à la maison, plus moyen de payer un loyer à la ville et, comme il était l'aîné, il était responsable de nous. C'était beaucoup pour lui, beaucoup trop. Et, malheureusement, même si nous vivions au milieu des champs, nous ne possédions pas la moindre terre. Nous habitions une misérable masure prêtée par Le Floch, entourée d'un

* Les mots ou groupes de mots suivis d'un astérisque sont expliqués dans le glossaire en fin de volume.

courtil*, un petit potager que je cultivais seul depuis que ma sœur Charlotte s'était mariée.

Mais, quand mon père reviendrait, tout changerait. Maman n'aurait plus besoin de laver le linge des bourgeoises du Port-Louis pour un salaire de misère, et au prix de sa santé. Quand je voyais ses mains gonflées par le froid et tailladées par les engelures, j'en avais mal au cœur. J'en avais honte aussi pour le jour où mon père reviendrait. Quelle opinion aurait-il de nous ?

Tant pis, qu'il revienne était plus important que tout. Il verrait combien nous avions souffert de son absence et aurait à cœur de nous remettre sur pied. Je renonçai à menacer de son retour cet excrément de ver de vase qui nous servait de boulangère et déclarai brutalement :

– Un jour, vous le regretterez. Je gagnerai de l'argent, beaucoup d'argent, et alors vous verrez !

– C'est ça, soupira la grosse loche, je ne demande qu'à voir.

Et son visage grêlé par la petite vérole se fendit d'un sourire... en direction de quelqu'un qui entrait derrière moi. Adélaïde, la fille du meunier (un sale voleur qui détournait à son profit la moitié du grain qu'on lui donnait à moudre). Je me tendis.

Adélaïde m'agaçait. Je la surprenais souvent à lancer des œillades éloquentes à mon frère et, pourtant, elle ne risquait pas de devenir sa femme : elle était beaucoup trop riche pour lui, son père s'y opposerait. Heureusement, Trémeur ne lui accordait aucune attention, ça évitait les histoires.

À aucun prix, je ne voulais que cette petite prétentieuse remarque que je ressortais sans pain. Aussi, je soufflai discrètement à la boulangère :

– Vous voulez des berniques, en échange ?

– Tu veux me vendre ce que Dieu te donne gratuitement ? ricana l'horrible mégère.

Je me contins. Dieu ne me les donnait pas gratuitement, les berniques. Je les gagnais en me gelant le poil et en m'écorchant la couenne sur les rochers.

– Fais-les voir, finit-elle tout de même.

Elle jeta un coup d'œil dans mon panier, puis se mit, comme distraitement, à trier ma récolte. Elle choisissait toutes les grises, les meilleures, en laissant les jaunes de côté. L'espoir me revint.

– C'est bon, dit-elle enfin. Je garde ça contre trois livres des pains que tu me dois.

J'espérai avoir mal compris et demandai d'une voix un peu étranglée :

– Et vous m'en donnez combien, aujourd'hui ?

– Aujourd'hui rien, bien sûr. On verra quand vous aurez remboursé toutes vos dettes.

La fureur m'empourpra. La fureur et la honte. Je n'osais pas regarder du côté de cette pimbêche d'Adélaïde et, pour lui semer le doute sur le sens de cette scène, je sortis en lâchant d'un ton neutre :

– Portez-vous bien.

Et j'ajoutai mentalement: « Et que le diable vous embroche d'une fourche pleine de purin. »

Des doutes, je ne savais pas si Adélaïde en aurait, mais je savais que moi, je m'étais fait avoir. Je m'étais fait horriblement avoir ! Cette face de citrouille m'avait volé ! Je flanquai un violent coup de pied dans un caillou. « Tu verras, sale truie, quand je serai capitaine de frégate. Alors, tu te traîneras à mes pieds pour que j'épouse la fiente de pou qui te sert de fille. Et moi, je passerai sans te voir. »

Ou plutôt non, je la verrais et je dirais: « C'est insupportable, ces saletés qu'on laisse traîner dans le caniveau. » Pas mal, ça...

En attendant, je n'avais plus de berniques et pas de pain. Mon frère n'avait pas tort: je n'étais bon à rien.

Il était trop tard pour retourner à la pêche, la mer avait monté, il fallait que je rentre à la maison. L'affolement me gagna et, pour me rassurer, je cherchai quelque chose de positif à mettre en avant. J'avais payé une partie de nos dettes, et il nous restait un peu d'avoine pour faire de la bouillie... Et l'eau de notre puits était très saine, c'était important, ça. De quoi allions-nous nous plaindre ?

À la messe, le curé disait que Dieu aimait les pauvres. On devait être drôlement bien vus, là-haut.

Non, j'exagérais, nous n'étions pas si pauvres que ça. Quand ma mère était jeune, c'était bien pire. D'ailleurs, c'était comme ça qu'elle était arrivée en

Bretagne : en fuyant la famine. C'était en 1661, l'année où le roi Louis XIV avait été couronné et avait décrété qu'il gouvernerait seul, sans Premier ministre. « Louis le Grand » ! Le pouvoir lui était monté à la tête, à celui-là. Il se prenait pour Dieu soi-même et se comparait au soleil ! Alors le Ciel s'était vengé en abattant sur le pays une épouvantable famine, qui avait jeté le pauvre monde sur les routes et gorgé de cadavres les fossés. Ma mère disait que les gens rongeaient l'écorce des arbres, et que des femmes dévoraient leurs enfants morts.

Ici, la situation n'était jamais aussi dramatique : on avait la mer.

Je m'obligeai à chantonner pour me détendre. Sinon, je crois que j'aurais fait demi-tour.

« *On s'rait bien bête de s'inquiéter,*
La mer nous donne à manger.
S'inquiéter ne sert à rien,
En bord de mer, on ne meurt pas de faim. »

Ma voix ne passait pas mes lèvres. Plus j'approchais de la maison, plus elle s'étranglait. Je jetai un coup d'œil accablé aux malheureuses berniques jaunes qui tentaient de se coller à l'osier de mon panier. Il y en avait neuf. Trois chacun. Et, en cuisant, elles se ratatineraient tellement qu'on risquait plutôt de se les coincer entre les dents.

Au moment où je passais devant la ferme Le Floch, le chien se mit à aboyer comme un fou. Ce n'était sûrement pas sur moi, il me connaissait.

Non… C'était sur un homme en haillons qui arrivait derrière, sur le chemin.

Je tournai l'angle de la ferme et descendis le dernier sentier.

En débouchant dans notre cour, je m'immobilisai. Malheureusement, la porte de la maison étant fermée à cause du vent du nord, je ne pouvais pas savoir si Trémeur était rentré.

Bon. Le ciel était bleu et, jusqu'ici, tout allait bien. On était déjà en février, il n'y avait plus que deux mois à tenir avant la première récolte de côtes de bettes.

Oui, tout allait bien. Je gonflai ma poitrine et traversai la cour d'un pas décidé.

CHAPITRE 3

Luttant contre la panique qui me tirait en arrière, j'ouvris la porte d'un coup en m'exclamant :

– Cette grosse truie de boulangère n'a rien voulu me donner. Elle ne perd rien pour attendre, celle-là, parce que…

Je m'arrêtai net. Trémeur n'était pas là. Il n'y avait que ma mère et ma sœur. Ma poitrine se dégonfla aussitôt.

– Tu as l'air en forme, moustique, me lança Charlotte avec un clin d'œil.

Elle était enveloppée d'un épais manteau noir d'où dépassait une jupe rouge. Rares étaient les femmes du village qui portaient autre chose que des couleurs naturelles, beige, brun ou gris. Les teintures coûtaient cher, et surtout le rouge. Malgré la grossesse qui arrondissait le ventre de Charlotte, son visage était toujours fin et doux. Elle entoura mes épaules de son bras, d'un geste si rapide que je ne pus m'y préparer et retenir ma grimace de douleur.

Elle fronça les sourcils. Pour détourner son attention, je m'empressai de protester :

– Arrête de m'appeler « moustique », j'ai onze ans !

Elle ne se laissa pas démonter par ma mauvaise humeur et, sans cesser de me fixer, elle ajouta d'un ton dont moi seul pouvais comprendre le sens :

– Bientôt tu seras un homme.

Elle voulait dire par là que je deviendrais bientôt aussi grand que mon frère, et que je pourrais lui tenir tête.

Histoire de la rassurer, je posai bravement la main sur mon épaule meurtrie et déclarai :

– Je suis tombé sur les rochers.

Je ne sais pas si elle me crut.

– Pour le pain, ce n'est pas grave, intervint doucement ma mère. Charlotte en a apporté un qui lui restait.

Je soupçonnai Charlotte de l'avoir acheté exprès, mais je n'en dis rien tant j'étais soulagé. D'autant que, depuis qu'elle était mariée, elle mangeait à sa faim. Souvent, elle m'invitait chez elle, pour que j'aie double ration. Mon estomac semblait sans fond.

Je remarquai combien, à côté de la bonne santé de Charlotte, ma mère paraissait minuscule. Surtout qu'elle voûtait ses épaules comme un chien battu. La grande coiffe qui lui cachait les cheveux l'écrasait encore plus, et deux rides de fatigue zébraient le milieu de ses joues. J'ajoutai d'un air détendu :

– Je me suis rappelé qu'il restait de l'avoine pour la bouillie et que nous n'avions pas vraiment besoin des berniques, alors je les ai laissées à la boulangère pour payer une partie de nos dettes.

– Tu as… bredouilla ma mère, stupéfaite, en triturant nerveusement son tablier noir.

Je me sentis rétrécir. Charlotte me sauva en coupant :

– Et puis tu savais que j'apportais du pain. Malheureusement, quand le bébé sera là, ce ne sera plus possible. Parce que la grand-mère viendra habiter chez nous pour s'en occuper, et deux bouches de plus…

– Ne t'inquiète pas, m'exclamai-je. Bientôt, moi aussi, je gagnerai ma vie.

– Garçon de ferme, comme Trémeur ? protesta Charlotte.

Mon père était un homme instruit, et vivre dans l'obscurité d'une vie misérable avait toujours été difficile à supporter chez nous. Je rectifiai aussitôt :

– Sûrement pas ! Je m'emb…

Je me mordis la langue.

– Comment ça ? s'inquiéta ma mère en se redressant soudain.

Son visage changea. Elle n'avait plus l'air de cette pauvre chose qu'un simple souffle pouvait effacer de la surface de la Terre, elle me fixait avec attention. Je connaissais ce regard, l'expression d'une volonté farouche dont, malgré les apparences, je la savais parfaitement capable. À ces moments, il était plus difficile de la contrer que de sortir un bigorneau de sa coquille.

–Je préfère mourir à la tâche, reprit-elle sévèrement, que de te voir sur un bateau. Enlève-toi ça de la tête tout de suite !

–Au moins, je ne serais plus un fardeau pour Trémeur, résistai-je. Et, s'il n'a plus de charge de famille, il pourra se marier.

–Sais-tu ce qu'est la vie de mousse ? Debout de l'aube à la nuit, les vêtements mouillés en permanence, la faim, la soif, les coups et les moqueries pour salaire. Et la mort avant le bout du voyage. (Ma mère s'interrompit et chuchota d'un air inquiet.) Tu n'en as pas parlé à Trémeur, au moins…

Je l'assurai que non. Elle craignait que mon frère, connaissant mon projet, ne m'envoie illico voir le recruteur « qui attendait l'innocent, pour lui faire signer son engagement avec son sang », disait-elle, comme si elle parlait de la vente d'une âme au diable.

–Je vais te raconter une chose, mon fils, reprit-elle d'un ton plus calme. Quand ta naissance s'est annoncée, la mer commençait à monter. Eh bien, je t'ai retenu à l'intérieur de toutes mes forces, pour que tu n'arrives qu'à marée descendante et que tu ne sois jamais marin.

–Les autres mères font le contraire ! m'écriai-je, un peu en colère. Et elles couchent même leurs fils sur un matelas de goémon pour qu'ils deviennent de bons marins ! Et elles sont contentes !

– Elles sont contentes en pensant à la prime d'engagement, peut-être, répliqua sèchement ma mère. Elles ne voient pas plus loin que le bout de leur nez. Elles ont la prime, et ensuite leur fils est mort, et c'est tout.

Elle exagérait franchement, mais il était inutile d'essayer de discuter. Je me contentai donc de fixer, sans rien dire, les marbrures noires sur mes pieds nus. Je n'avais qu'une peur : qu'elle m'oblige à jurer de ne jamais m'embarquer.

– Si j'ai marié ta sœur avec un paysan, insista-t-elle, ce n'est pas par hasard. « Femme de marin, femme de chagrin », et je sais ce que je dis, crois-moi.

Charlotte m'adressa un sourire complice qui ne me trompait pourtant pas : elle non plus ne voulait pas que je devienne mousse. Je n'avais plus que la solution de tout révéler à Trémeur. Lui, bien content de se débarrasser de moi, irait tout de suite trouver le recruteur. Les bateaux de la Compagnie* manquaient de bras, et on pouvait s'embarquer dès huit ou neuf ans. Or j'en avais déjà onze.

Ma mère continuait de me scruter d'un œil inquisiteur. Je crois qu'elle me soupçonnait de lui cacher des choses, ce qui n'était pas faux. Et, subitement, elle me dit :

– J'ai parlé au sacristain.

Le sacristain, en dehors de s'occuper de l'église, était aussi maître d'école, fossoyeur et sonneur de cloche. Je considérais ma mère avec des yeux ronds.

–Il serait d'accord, reprit-elle, pour te prendre parmi ses élèves à la rentrée prochaine, après les moissons. Pour une motte de beurre et six œufs par semaine, il t'apprendra à lire.

J'en restai sidéré. Le beurre, on devait absolument le vendre au marché pour gagner les pièces qui payaient la rente du seigneur. Certainement, ma mère ne consentait à ce sacrifice que pour m'empêcher de m'embarquer, mais c'était une trop bonne nouvelle pour que je fasse la fine bouche.

–À lire uniquement, précisa-t-elle, parce que pour apprendre à écrire et à compter, il y a un supplément. Et ça, je ne peux pas...

Elle baissa la tête et reprit son air effacé. Comme si la honte l'écrasait. J'avais envie de la serrer dans mes bras, seulement, chez nous, ça ne se faisait pas. Je m'informai :

–Trémeur est au courant ?

Une voix sèche, derrière moi, lâcha :

–Au courant de quoi ?

Je me crispai immédiatement, et une douleur fulgurante se réveilla dans mes épaules. Trémeur se tenait dans l'encadrement de la porte. Sa petite moustache fine et longue, à la mode des flibustiers (ce qu'il n'était pourtant pas), pointait agressivement. Cependant ses yeux n'étaient pas flous. Il n'avait donc pas trop bu et, ça, c'était plutôt bon.

– L'école, répondit ma mère avec un calme étudié. J'ai bien négocié. Une demi-douzaine d'œufs fera l'affaire.

Elle oublia le beurre, et ce n'était pas par hasard.

– « L'école ! » lâcha Trémeur avec un geste pour balayer le sujet. Tu t'en occupes bien trop, de ce morpion. « L'école ! » Comme si c'était le moment ! Ce maudit Le Floch s'est fait prendre, et il ne peut plus me payer.

– Comment ça ? s'inquiéta Charlotte, qui était bien la seule à n'avoir jamais été impressionnée par Trémeur.

– Le Floch aurait caché une partie de sa récolte pour payer moins de dîme[1]. Et, vu l'amende, il n'a plus les moyens de garder plusieurs journaliers. Il est obligé de me congédier.

Sans rien dire, ma mère se tourna vers la cheminée pour remuer la bouillie qui cuisait dans le chaudron. Trémeur ajouta d'un ton cassant :

– De toute façon, garçon de ferme, ce n'est pas un métier. Demain, si le temps n'est pas trop mauvais, j'irai à la pêche avec l'Antoine. Il me laissera une part de poisson, ça fera déjà de quoi manger.

1. Impôt versé à l'Église.

À condition que, d'ici là, il n'ait pas oublié ses bonnes résolutions et échangé le poisson contre un pot de vin au cabaret de la place. En tout cas, à cause de cette affaire, il ne s'inquiéta pas du pain.

–Et... osa enfin ma mère, pour la maison, ici...

–Il nous la laisse. Contre loyer, évidemment. Faudra payer...

Trémeur s'interrompit. On frappait à la porte.

C'était le mendiant que j'avais aperçu derrière moi. Il avait dû aller demander l'aumône à la ferme, seulement le fermier avait un oursin dans la poche.

–Vous aurez bien une part de soupe pour un pauvre, émit-il d'un ton geignard.

Une barbe grise lui mangeait le visage et il portait, entassées sur lui, des hardes dont ma mère n'aurait pas voulu pour faire des chiffons. Il y avait plus pauvre que nous.

Mon estomac se contracta et, un court instant, je regrettai qu'on n'ait pas déjà tout avalé. J'aurais dû avoir honte de ces pensées, mais mon ventre gouvernait ma tête. C'est alors que le mendiant posa son regard sur moi. Il se figea subitement, ferma les yeux et prononça d'une voix lointaine :

–Ce garçon... je le vois dans l'habit bleu des capitaines de frégate...

J'en restai bouche bée. Ma mère aussi, et la crainte se lut sur son visage.

–Sûrement pas, articula-t-elle enfin d'une voix blanche. Jamais je ne le donnerai comme mousse.

–Mousse… reprit l'homme. Qui parle de mousse ? Oh non ! ce garçon-là commencera bien plus haut.

Plus haut ?

Voulait-il dire… *enseigne de vaisseau* ? La foudre tomba à mes pieds. C'était impossible ! Il fallait d'abord suivre des cours de l'école d'hydrographie, puis naviguer pendant deux ans comme *volontaire*, sans être payé. Ça coûtait beaucoup d'argent !

–Vous êtes sûr ? soufflai-je.

L'homme sembla se réveiller, me regarda avec curiosité et dit :

–J'ai parlé ? Excuse-moi, je ne me rappelle rien. Mes visions sont comme des éclairs. Je ne saurais même pas répéter mes propres paroles.

Je restai ahuri.

–Entrez, marmonna ma mère, encore troublée. Il ne sera pas dit qu'un pauvre sera resté sur le pas de notre porte.

CHAPITRE 4

Comme nous n'avions plus de table (nous l'avions vendue), ma mère posa le chaudron sur la pierre de la cheminée et chacun décrocha sa cuiller en bois du râtelier qui pendait au plafond.

–Pas pour moi, indiqua rapidement Charlotte, j'ai déjà mangé à la maison.

C'était peut-être vrai, peut-être pas.

Ma mère délimita quatre parts en les dessinant religieusement avec la pointe du couteau sur le dessus de la bouillie. Comme d'habitude, elle s'était réservé la plus petite. Avec l'autorité du chef de famille, Trémeur traça une croix sur le pain en prononçant la prière, puis il coupa des tranches et en distribua une à chacun (y compris au mendiant, qui avait les mêmes droits que nous). Il plongea ensuite sa cuiller dans le chaudron, donnant le signal de l'attaque.

Le mendiant n'ayant pas de cuiller, il se servit de ses doigts. Je ne sais comment il supportait la chaleur. Au fil du temps, sa main s'était sans doute cuirassée. Lui seul, qui connaissait la faim toute l'année, ne se précipitait pas. Il attendait paisiblement que ça refroidisse, faisant durer le plaisir si rare d'avoir à manger.

Pendant un moment, on n'entendit plus que les bruits de succion. C'était tout un art que de faire entrer dans sa bouche autant d'air que de bouillie pour ne pas se brûler.

Quand ma part fut finie, j'eus la détestable impression d'avoir encore plus faim qu'avant. Ces quelques cuillerées n'avaient réussi qu'à aiguiser mon appétit.

– Donne donc une autre part de pain à Lucas, dit alors Charlotte. Il a besoin de manger pour grandir.

Trémeur, qui n'était pas aussi détestable que je le prétendais, me coupa une seconde tranche. Il ne résistait jamais à Charlotte. Je crois qu'il l'aimait beaucoup. D'ailleurs, tout le monde aimait Charlotte.

– Plus vite il sera grand, ricana-t-il enfin comme pour nous interdire d'interpréter favorablement son geste, plus vite il cessera d'être à ma charge.

– Il travaille déjà, observa ma sœur. Il s'occupe du potager et de la vache. Qui le ferait, s'il n'était pas là ?

Elle ne parla pas de la pêche, de peur sans doute d'attirer l'attention sur mes pauvres berniques réchappées. Mon frère ricana de nouveau sans répondre.

Du coin de l'œil, j'examinai le mendiant. J'aurais bien voulu qu'il me parle encore et, en même temps, je redoutai qu'il se contredise. J'évitai donc de ramener la conversation sur l'avenir si brillant qu'il m'avait fait miroiter. D'ailleurs, il semblait avoir complètement oublié ce qui s'était passé.

Moi, je ne l'avais pas oublié. Ce mendiant avait « le don », comme souvent les pauvres vagabonds. Capitaine de frégate ! Mon rêve le plus fou !

Et il n'y avait qu'une seule explication possible : mon père allait revenir. Seule sa solde pouvait payer le coûteux engagement de *volontaire*. En plus, j'apprendrais bientôt à lire, et lire était indispensable pour devenir officier... Tout se tenait. Le retour à la maison, que je craignais tant, venait de se transformer en plus beau jour de ma vie.

Je songeai ensuite qu'il me faudrait aussi apprendre à écrire. En faisant toutes les marées, comme Hanternoz, j'arriverais à payer le supplément. Je vendrais des crabes aux bourgeois, des berniques aux fermiers pour nourrir leurs cochons, des coquilles aux toiliers pour fabriquer la chaux qui blanchissait les tissus... Mon avenir s'éclairait.

– La chance qu'on a, nous les pauvres, disait à cet instant le mendiant, c'est que, n'ayant jamais ni viande ni beurre, on n'a pas besoin de faire maigre le vendredi. On continue à manger tout comme d'habitude.

On pouffa de rire. Ma mère ajouta sentencieusement :

– C'est parce qu'ils font maigre chaque jour, que les pauvres gagnent plus vite le paradis.

Il y eut un silence, puis le mendiant lança :

– Connaissez-vous l'histoire des rats qui arrivèrent au port de Saint-Malo dans l'espoir de s'embarquer ?

En réalité, chacun attendait cet instant. C'était en quelque sorte le paiement de son repas. Il se mit à nous conter une histoire folle où les rats allaient marchander avec le capitaine du navire leur passage pour les Indes, « un pays où les sirènes vendaient des épices sur le bord d'une plage dont le sable était d'or ».

J'écoutais en tâchant d'oublier mon estomac qui, malgré la tranche de pain supplémentaire, refusait de se calmer et hurlait comme un nourrisson qu'on arrache au sein. Je n'avais pas assez de volonté.

« Qui écoute trop sa bouche laisse ses mollets à nu », disait ma mère.

Mes mollets à moi étaient toujours nus. Peut-être que je mangeais trop (ou que Trémeur buvait trop ?).

Je résolus de sortir avant de succomber et de redemander du pain – qu'on me refuserait, d'ailleurs, avec raison – et déclarai que j'allais changer Rouzic de place. Nous mettions notre vache à brouter le long du chemin ou dans les pâtures communales, puisque nous n'avions pas de prairie à nous.

Charlotte signala qu'il était temps qu'elle s'en aille aussi et sortit derrière moi.

– Alors, me souffla-t-elle dès qu'on eut passé la porte, que dis-tu de tout ça ?

– Tu crois que c'est vrai ? Que je peux devenir capitaine de frégate ?

– Absolument, répondit Charlotte. Tu es un garçon vif et intelligent, ne laisse jamais Trémeur te persuader du contraire. Il faut mettre toutes les chances de ton côté. Tu sais ce que je vais faire ? Je vais parler à Lorho. (Elle appelait toujours son mari, qui était plus âgé qu'elle, par son nom de famille.) Je vais essayer de dégager une motte de beurre qu'on ne vendra pas, pour que tu puisses apprendre à écrire.

Les larmes me montèrent aux yeux et je me jetai dans ses bras. Comme quand j'avais deux ans. Trémeur avait raison, je n'étais qu'un poupard mal sevré.

Enfin, je m'essuyai vite les yeux et décrétai du ton le plus mâle possible :

– Moi aussi, je vais travailler dur. Tu n'auras pas besoin de te priver. Je te promets, je m'en sortirai.

– Quand tu auras l'uniforme bleu des capitaines de frégate, dit Charlotte avec un sourire gai, ton petit neveu (elle posa la main sur son ventre) sera fier de toi. Il te regardera avec des yeux brillants...

Ses yeux à elle aussi brillaient, et je me sentis soudain fort, si fort... Plus rien ne pourrait me vaincre.

Charlotte était partie depuis longtemps que j'étais encore sur le bord du chemin, à sourire aux anges, d'un air sans doute très niais. Comme la fille du meunier quand elle regardait Trémeur. J'essayai de remettre les pieds sur terre et entrai dans le courtil.

J'adorais le potager. J'étais seul à m'en occuper et, quand je rapportais à la maison mes pois, mes fèves et mon chanvre, Trémeur ne pouvait pas dire que j'étais une bouche inutile.

C'était un endroit magique. On plantait des graines qui n'avaient l'air de rien et, quelques jours après, elles nous mettaient des tiges, qui se garnissaient de plein d'autres graines toutes pareilles à la première. C'était exactement comme la multiplication des pains qu'on nous racontait à l'église. Sauf que c'était un peu plus long : Jésus, lui, avait réussi à faire ça en un éclair.

Évidemment, pendant l'hiver, le courtil était triste. Il n'y restait plus le moindre chou, juste des trognons de bettes dont nous avions mangé même les feuilles pourries. J'entrepris d'enlever les mauvaises herbes autour de leur pied pour leur permettre de repartir au premier réchauffement, et sarclai jusqu'au bord de la planche d'oignons. Ceux-là, je les avais plantés la veille et ils n'étaient malheureusement qu'une vingtaine. Les seuls que ma mère avait réussi à sauver de notre appétit féroce.

L'an dernier, j'en avais mangé la moitié en les plantant, et Trémeur (qui savait compter) m'avait écorché la peau du dos avec son ceinturon. Cette année, j'étais plus grand et plus raisonnable. Si on mangeait l'oignon quand il était petit, on ne pouvait pas en avoir de gros.

Oui, j'étais raisonnable.

Sauf que Trémeur ne devait pas savoir combien il y en avait au juste et, à un près... Je jetai un regard vers la maison, saisis un petit oignon jaune et l'enfournai, terre et tout.

Je me sentis subitement si coupable que je l'avalai tout rond. Le plus idiot, c'était que, depuis que j'avais parlé avec Charlotte, je ne pensais même plus à ma faim. Ou au moins ma tête n'y pensait plus. C'était mon estomac tout seul qui avait commis ce crime. En plus, l'oignon avait disparu sans que j'en profite.

Serrant les dents de honte et de rage, je ramassai mon panier de pêche, y glissai le pot en terre que j'avais caché derrière une pierre, et me mis à courir vers la côte. Le soleil était bas, la mer avait dû commencer à redescendre.

Notre village était entouré par les grèves de trois côtés et nous offrait donc d'infinies possibilités de pêche selon les vents, les saisons, et ce que nous voulions attraper. Hanternoz était déjà là. Il n'avait pas quitté le bord de mer et était venu par la côte, en pêchant à la ligne pendant que la mer était haute. Il était beaucoup plus efficace que moi : toujours à la peine. Peut-être parce qu'il détestait le château, où il était en guerre permanente avec le valet d'écurie qui avait tendance à le traiter comme son esclave.

Armé de sa fourche, il me suivit sur le sable à peine découvert en me parlant de son nouveau projet : capturer le roi des poissons. Bien sûr, il le relâcherait tout de suite, mais il lui demanderait en récompense le chemin de l'île d'Or. Alors, le roi ferait battre le tambour dans tout son royaume, pour que ses sujets lui apportent les clés du palais sous-marin où était prisonnière la merveilleuse princesse Dore.

Hanternoz libérait la princesse, l'épousait et devenait roi de l'île d'Or. Voilà.

Seulement, si la princesse était toujours célibataire, c'était que personne n'avait encore réussi à atteindre le palais. Ça ne devait pas être facile.

Repérant dans le sable un trou de serrure caractéristique des *pieds de couteaux*, j'ouvris mon pot en terre, y puisai quelques grains de sel, les déposai au bord du trou et attendis dans le plus grand silence. Un petit volcan d'eau se mit à jaillir. Je retins mon souffle jusqu'à ce qu'apparaisse une chair d'un gris transparent. J'attrapai la bestiole d'un geste vif.

Malheureusement, les histoires d'Hanternoz m'avaient déconcentré et je me retrouvai juste avec une petite masse inerte entre le pouce et l'index. Le couteau m'avait laissé sa tête (il s'en moquait, ça repoussait) et s'était renfoncé dans son trou, si profond qu'il était inutile de compter l'y poursuivre, même en creusant le sable à s'en user les doigts.

Tout en déposant du sel sur un autre trou, j'ironisai :

– Je croyais que tu voulais embarquer pour Terre-Neuve ?

Hanternoz haussa une épaule d'un air incertain, puis il retourna le sable d'un coup de fourche qui brisa adroitement la motte. Il cherchait des vers qu'il vendrait comme appât.

Un instant, j'eus envie de lui révéler ce que m'avait prédit le mendiant ; seulement j'avais peur que, si j'en parlais, ça ne se produise pas. Avec les prédictions, il fallait se montrer très prudent.

Le jet d'eau annonça que l'habitant commençait à sortir de son trou. Le petit curieux hésita, se haussa encore un peu pour mieux voir et là, hop ! je le saisis par le haut de la coquille. Il lâcha sa tête, mais trop tard. Elle tomba bêtement sur le sable. Je l'extirpai de sa cachette dans un doux bruit de succion.

Quand le soleil se coucha, je pris subitement conscience du froid. Et aussi que le pot de sel était entièrement vide. Ma récolte de pieds de couteaux s'entassait dans mon panier, et un léger malaise m'envahit.

CHAPITRE 5

Tout au long du chemin, je me répétai que ce serait une sacrée bonne surprise pour Trémeur, de découvrir que je me débrouillais seul pour payer mes cours d'écriture. Aussi, en pénétrant dans la maison, je m'écriai le plus gaiement possible :

– Vous avez vu ? J'en ai plein. Ça va me faire des sous pour les leçons.

Trémeur jeta un coup d'œil dans le panier, et c'est là que je compris que j'étais vraiment le roi des imbéciles. Bien sûr qu'il allait s'en apercevoir : les pieds de couteaux ne portaient aucune blessure ! Et la phrase que je redoutais tomba :

– Tu les as attrapés au sel ?

Il avait détaché les mots, ce qui était de très mauvais augure. Finalement, je l'avais toujours su sans me l'avouer : j'étais dans mon tort.

– La baguette de fer, ça les abîme, protestai-je aussitôt en luttant pour empêcher ma voix de trembler.

Je ne soulignai pas que ça les faisait souffrir inutilement, ce n'était pas le genre d'argument auquel Trémeur était sensible.

– Qu'est-ce qu'on en a à faire ? grinça-t-il en détachant lentement sa boucle de ceinture. Ça se mange tout pareil.

Mes mains se crispèrent quand l'extrémité du ceinturon tomba jusqu'à terre. J'étais coincé entre la cheminée et la huche à pain, impossible de m'enfuir. Pour mon malheur, Trémeur était très costaud. D'une seule main, il m'arracha ma veste. Je réagis en tournant le dos, juste avant d'entendre le claquement. Le bout de fer, coupant comme une lame, m'atteignit à l'épaule. La douleur fut fulgurante parce que c'était un endroit encore mal cicatrisé.

Trémeur siffla comme un serpent venimeux :

– Tu crois sans doute que nous avons du sel à gaspiller !

Et il abattit le deuxième coup. Malgré mes résolutions, je sursautai violemment. Je serrai vite les dents pour que pas un son ne s'échappe. Je ne voulais pas lui donner le plaisir de constater ma souffrance.

Chacun de ses coups suivants fut scandé par un bout de phrase :

– Les baguettes de fer… elles sont bénies par le curé… La religion… ce n'est rien pour toi ? Le curé ne saurait pas… ce qui est bien ?

Mes blessures se rouvraient cruellement. Ma mère, muette, s'abîmait dans la contemplation du chaudron où bouillait de l'eau.

Du temps où Charlotte vivait à la maison, ça ne se passait pas comme ça. Elle savait tenir tête à

Trémeur, le calmer, elle me protégeait. C'était terrible pour moi, qu'elle se soit mariée. Le désespoir me submergea subitement et, pour la première fois de ma vie, je fis volte-face :

– Tu verras quand notre père reviendra !

Un court instant, mon frère resta interdit. Puis il eut un rictus méprisant et lâcha :

– Pauvre petit merdeux. Notre père ne reviendra jamais, tu ne l'as pas compris ? Il devrait être de retour depuis sept ans. Sept ans ! Après trois ans de retard, un bateau est considéré comme perdu.

– Menteur ! criai-je. Il reviendra, il reviendra !

– Tu en veux encore ?

Trémeur leva de nouveau sa ceinture et je me crispai. Cependant je ne tournai pas le dos. Je n'y aurais pas supporté un coup de plus. De face, je pouvais me protéger de mes bras.

Le coup cingla par surprise mon oreille et, à ma grande honte, les larmes jaillirent toutes seules de mes yeux.

– Ça, lâcha Trémeur, c'est pour que tu te souviennes où est la vérité.

Il se détourna, saisit mon panier et jeta dans l'eau bouillante les couteaux que je réservais à la vente. J'eus envie de hurler. Seulement, je ne me sentais pas en état de prendre un coup de plus.

Mon frère plongea l'écumoire dans le chaudron, récupéra les coquilles et les bestioles qui s'en étaient détachées, et les déposa sur la pierre de la cheminée.

Puis, triant les chairs, il les enfourna à mesure. Je me mordais les lèvres de rage.

– Pas mauvais, susurra-t-il enfin d'un ton qui me donna envie de l'étrangler. Tu pourras m'en pêcher d'autres.

Il s'essuya les lèvres d'un revers de main, se leva et sortit.

Ma mère s'approcha alors et examina mon oreille qui enflait.

– Ce n'est pas trop grave, conclut-elle.

Je grognai avec colère :

– Pourquoi tu ne me défends pas ?

– Ton frère est le maître, répondit ma mère. Et les coups apprennent à vivre. Reconnais que cette volée, tu l'avais méritée. Tu n'avais pas à prendre du sel.

Elle avait raison, évidemment. Je hurlai quand même :

– Il n'avait pas, en plus, à manger mes pieds de couteaux !

Dès que mon frère n'était plus là, j'étais beaucoup plus courageux. Surtout pour crier sur une pauvre femme sans défense. Je me repris enfin pour protester :

– Le sel n'est pas cher, chez nous.

Le visage de ma mère se ferma, à cause du « chez nous ». Je crois qu'inconsciemment j'avais fait exprès de l'ajouter.

– Il n'est pas gratuit, malgré tout, répliqua-t-elle.

Sa plus grande crainte était que Trémeur ou moi, lassés de crever la faim, nous nous lancions dans la contrebande de sel, et que nous finissions, comme les autres, aux galères*. Car, le sel étant dix fois moins cher en Bretagne que dans le reste de la France, trafiquer était tentant.

Le visage crispé, je tirai doucement sur le tissu qui commençait à coller à mes blessures. Il faisait si froid que je n'avais pas le courage d'enlever ma chemise. Pourtant, si je la gardais sur moi toute la nuit, je me préparais des déchirements affreux pour le lendemain. Je gémis :

– J'en ai assez de cette vie !

– On n'est pas sur Terre pour être heureux, me rappela ma mère. Le bonheur, c'est dans le ciel qu'on le trouve. Après sa mort. Et seulement si on s'est bien conduit en ce bas monde. Tu dois faire des efforts pour te montrer obéissant.

Je ne répondis pas. Je me contentai de demander :

– Lave le sang, s'il te plaît, pour que ça ne colle pas trop à ma chemise.

– Non non, il ne faut pas. Moins on se lave, mieux on se porte. La crasse, ça protège. Je vais plutôt te faire du bouillon d'algues. L'enfant Jésus nous a accordé l'algue pour nous sauver, il faut en profiter. Elle rend intelligent et donne le goût du travail.

– Oui, eh bien c'est à Trémeur que tu devrais en donner !

– Ne critique pas ton frère, protesta sévèrement ma mère. Il a bien des soucis. Ce n'est pas de sa faute si Le Floch le renvoie.

Je faillis répliquer que si Le Floch avait choisi de se séparer de Trémeur et non d'un autre journalier, il avait peut-être ses raisons. Je m'en voulus d'avoir eu cette pensée. Mon frère m'avait battu parce que j'avais volé du sel, il n'y avait rien à répliquer.

– On verra quand Papa reviendra, bougonnai-je malgré tout d'un ton buté.

Ma mère eut un regard involontaire vers la touffe de joubarbe qui veillait près de l'unique fenêtre. La plante s'était déplumée depuis longtemps et c'était mauvais signe. À ce qu'on disait, tant qu'elle restait verte, le marin restait vivant. Si elle refleurissait, il était sur le chemin du retour. Seulement la nôtre était morte.

Il ne fallait pas croire à ça. C'était peut-être valable pour les pêcheurs qui partaient quelques jours mais, pour les voyages qui duraient des années, ça ne marchait pas. Elle avait toutes les chances de mourir. Or notre joubarbe avait dix ans…

– Je vais chercher Rouzic, souffla enfin ma mère.

Et je compris que, malgré tout, elle avait pitié de moi. Parce que, normalement, c'était à moi de m'occuper de la vache.

Quand Maman la ramena, Rouzic alla d'elle-même dans son coin, contre le mur du fond, et attendit sagement qu'on rabatte devant elle l'échelle qui délimitait son territoire. Elle disposait d'un peu plus de place depuis qu'on n'avait plus de cochon.

Ma mère s'assit près de la cheminée et reprit son rouet. Elle avait encore un gros tas de chanvre à filer et, déjà, le feu d'ajoncs ne brûlait presque plus. Or nous ne nous éclairions qu'au feu de cheminée, nous n'avions pas les moyens de laisser brûler une lampe et encore moins d'acheter des chandelles.

Tout mouvement me faisait souffrir, et j'étais encore malade de colère. Je ne voulais pas avoir l'air d'accorder trop d'attention à ce qui venait d'arriver et, pourtant, ça m'aurait fait du bien d'en parler.

Seulement, la vie de ma mère n'était pas facile, et je ne voulais pas qu'elle ait une mauvaise opinion de moi. Trémeur m'avait battu, j'avais payé. Il valait sans doute mieux que ce soit ainsi, et qu'on n'ait pas à me garder rancune de mes bêtises. Je me contentai de soupirer :

–J'aimais bien quand Charlotte était à la maison.

–Moi aussi, reconnut ma mère. Hélas, on n'élève pas ses enfants pour soi. Toi aussi, tu te marieras et tu partiras. Alors je serai seule.

Me marier, sincèrement, c'était le cadet de mes soucis.

–Je ne t'abandonnerai jamais, protestai-je. Je gagnerai de l'argent et tu n'auras plus besoin de travailler. Je t'achèterai une jupe neuve chaque année, une belle, chaude et solide, et un gros manteau pour l'hiver, comme celui de Charlotte.

Ma mère me sourit.

–Quand tu seras grand, je ne serai plus là, et c'est heureux. Il est dur d'avoir à nourrir à la fois ses parents et ses enfants.

Et, pour la première fois, je réalisai que ma mère pouvait mourir avant que je ne sois adulte, me laissant seul face à Trémeur. La détresse me serra le cœur.

Je sentais les battements de mon sang dans mon oreille gonflée, et mon dos me faisait souffrir de plus en plus. C'était toujours ainsi, la douleur attendait son heure. Avant que le moindre mouvement ne devienne une épreuve, j'allai m'allonger sur la paillasse. À plat ventre, parce que mon dos ne supportait plus le moindre frottement, et que le rembourrage de goémon était inconfortable.

Nous avions vendu le bois de lit et n'avions qu'un matelas, sur lequel nous dormions tous... Enfin, quand Trémeur ne m'en faisait pas tomber au milieu de la nuit. Mais, je devais le reconnaître, mon frère n'était pas si mauvais : lorsque mes blessures saignaient, il me fichait la paix.

Quand j'étais petit et agité, ma mère me menaçait parfois de me donner au dragon de la grève pour qu'il m'emmène chez les sorcières, et que celles-ci me fouettent jusqu'au sang avec de longues algues. Je n'y croyais plus, au dragon et à ses sorcières, pourtant je me demandais si je n'aurais pas préféré ça.

Il y eut un couinement à la tête du matelas. Intrigué, j'avançai la main avec prudence et tâtonnai parmi les brins de paille. Mes doigts rencontrèrent le poil doux de notre chatte, et des boules soyeuses qui se bousculaient sur son flanc. Elle avait eu ses petits !

Autant que je puisse en juger, il y en avait cinq. Sûr que ce serait à moi de les caser, car on ne les noierait pas : on ne pouvait pas noyer un chat quand l'homme de la maison était en mer, ça lui portait malheur.

Veinards de chats ! J'étais content pour eux, je n'aimais pas qu'on tue les animaux, même ceux qu'on devait manger. Pour le mariage de Charlotte, on avait abattu le cochon, et j'avais encore ses cris dans les oreilles. Surtout que c'était moi qui le nourrissais, et qu'il était mon ami. Le seul souvenir qui m'en restait était sa vessie, qu'on avait tendue sur la fenêtre (comme ça, le jour entrait un peu, et pas le froid).

Il ne fallait plus y penser. On devait manger, et Dieu nous avait donné l'animal pour ça. D'ailleurs, des jours comme aujourd'hui, je n'étais pas certain que je l'aurais épargné. Je l'aurais peut-être même abattu de mes propres mains pour me remplir l'estomac. Finalement, je ne valais pas mieux que les autres.

Et puis, sur le bateau qui m'emmènerait aux Indes, je serais bien obligé de manger des animaux. Par exemple, les tortues de mer qu'on pêchait du côté du cap de Bonne-Espérance, à l'île de l'Ascension. On disait que leur chair guérissait le scorbut*, et on les embarquait par dizaines sur les bateaux.

L'île de l'Ascension !... Il me venait une sacrée idée !

CHAPITRE 6

Je dormis très mal à cause de mon dos qui me brûlait et de Trémeur qui occupait les trois quarts du matelas. Il fallait que j'évite de le toucher en me retournant, et que j'évite aussi que mon dos frotte aux couvertures rêches. C'était tout un art.

Comme de se lever après une raclée. Déplier son corps, surtout. Mais j'avais acquis une solide expérience, il suffisait de procéder avec lenteur pour que le tissu adhérant aux plaies ne s'arrache pas d'un coup. J'y parvins, et sans frôler mon frère qui ronflait, bouche ouverte. Il me vint une envie folle de cracher dedans. Seulement, s'il s'en apercevait, j'étais mort.

Enfiler ma veste étant au-dessus de mes forces, je la glissai avec précaution sur mes épaules. Je claquais des dents.

Sans un mot, ma mère me tendit un bol de bouillon d'algues semé de morceaux de pain. Ses mains étaient froides et humides : bien que le jour fût à peine levé, elle avait déjà fait une lessive pour ses bourgeoises.

Elle prenait et rapportait le linge au Port-Louis une fois par semaine, en franchissant le chenal avec le passeur. Lorsqu'elle soulevait les brancards de sa brouette, elle me paraissait si fragile que j'avais peur qu'elle se casse. L'hiver, quand les grands travaux étaient finis et qu'il n'y avait plus d'embauche pour moi dans les fermes, je l'accompagnais parfois.

J'aimais bien Le Port-Louis. Nous y habitions autrefois, avant que la misère nous tombe dessus. On y croisait de belles dames, des messieurs en perruque, des marchands cossus et des capitaines de vaisseaux magnifiquement sanglés dans leurs uniformes. On disait qu'au chantier de L'Orient[1], de notre côté du bras de mer, il commençait aussi à y avoir du beau monde, et que le nouveau port que nous avait fait monsieur Colbert* grossissait à vue d'œil. Il n'y avait pas de vraie ville, juste quelques maisons dans l'enclos où l'on construisait des bateaux.

J'allais m'y rendre. Parce que j'avais un grand projet, qui me faisait battre le cœur. Je redoutais seulement de l'avoir eu trop tard.

Je fus rassuré en découvrant que je parvenais à redresser mon dos sans trop de souffrance. Sinon, j'aurais eu du mal à marcher. L'Orient était quand même à deux lieues !

Je glissai un regard prudent vers Trémeur qui ronflait toujours et fis l'essai de tirer sur ma chemise. Aïe ! Ça s'annonçait mal.

1. Orthographe d'origine de Lorient.

Ma mère me montra alors... une autre chemise ! Croyant qu'il s'agissait d'un vêtement de bourgeois qu'elle avait à laver, j'ouvris des yeux ronds. Je ne compris que lorsqu'elle le déploya. Le tissu n'était que du simple chanvre, très usé (heureusement, du neuf aurait été insupportable à mes blessures).

– Charlotte l'a rapporté hier soir quand tu dormais, chuchota ma mère. C'est tout ce qu'elle avait en réserve, mais elle dit qu'au moins c'est propre et qu'il faut du linge propre sur les blessures.

Je reconnaissais bien là ma sœur chérie. Comment avait-elle su que je m'étais fait battre ? Mystère. En tout cas, elle avait fait le chemin pour revenir, simplement parce qu'elle se doutait de mes souffrances de ce matin.

– Ça me permettra de laver ta chemise, chuchota ma mère d'un air ravi. Et tu n'auras même pas besoin de rester au lit.

C'est que d'habitude, quand elle lavait mon linge (une fois par saison), je devais rester couché, puisque je ne possédais pas de vêtements de rechange. Elle paraissait si heureuse de cette bonne surprise que je m'interdis le moindre tressaillement pendant qu'elle décollait le tissu en le mouillant à l'endroit des blessures.

Le port de L'Orient s'annonçait de loin par un brouhaha de coups de marteau, de sifflements, de cris, de tintements de métal. Il en montait une sorte de rumeur qui tranchait incroyablement avec le calme de notre campagne.

Avant d'arriver au mur qui délimitait l'Enclos, je fus surpris de devoir traverser une sorte de village bâti le long du chemin. Terre, cailloux et planches. La dernière fois que j'étais venu, il n'y avait là que quelques cahutes.

Le mur, lui, n'avait pas changé. Il barrait toujours la presqu'île. Les gardes ne m'arrêtèrent pas. Ils ne s'intéressaient qu'aux charrettes. Je me faufilai discrètement le long de celle qui occupait l'entrée, énorme, attelée de quatre paires de bœufs, et qui apportait des boulets de canon depuis les forges des Salles.

À peine dans l'Enclos, je fus pris à la gorge par la fumée âcre du goudron. Ici aussi, ça avait changé depuis la dernière fois que j'étais venu. On avait construit d'autres bâtiments et des magasins, sans doute pour entreposer les marchandises. Pourtant (et la chose me frappa), il y avait moins d'animation. L'inquiétude me saisit. On ne voyait pas de porteurs du côté du quai, et aucun de ces beaux messieurs qui contrôlaient les chargements. Je courus vers la mer – ou plutôt la rivière car, même si la mer remontait jusque-là, le port était construit sur la rivière de Pont-Scorff.

Je contournai rapidement le bâtiment qui me bouchait la vue… Il n'y avait plus aucun navire au port ! J'en aurais pleuré de rage. J'avais prié Dieu tout au long du chemin, et il m'avait abandonné.

Évidemment, il voulait me donner une leçon. Pour qui je me prenais ? J'étais trop mauvais pour qu'il m'aide. D'ailleurs, si je n'avais pas été aussi mauvais, Trémeur ne m'aurait pas battu. J'eus l'impression d'entendre Dieu ricaner là-haut.

Mais non, Dieu ne ricanait pas, Dieu était compatissant. Je ne pouvais pas lui reprocher de me punir pour une faute que j'avais commise.

Je tentai de me raisonner. On était en février et, en février, les bateaux pour les Indes pouvaient partir à n'importe quel moment, tout le monde savait ça. Dès qu'ils avaient assez de vent pour sortir du port, ils mettaient à la voile. S'ils attendaient, ils couraient le risque de rater les moussons d'été et les vents qui, dès qu'ils auraient passé le cap de Bonne-Espérance, les pousseraient jusqu'à Pondichéry.

Pourtant, la veille, je n'en avais vu qu'un seul quitter la rade. Or aucun bateau ne partait en solitaire aussi loin. Celui-là devait juste aller à Brest. La flotte des Indes avait-elle levé l'ancre ce matin aux aurores ?

J'étais là, à contempler avec désespoir les petites vagues qui se brisaient contre le quai de pierres sèches, quand j'entendis au loin : « Ho ! »

Intrigué, j'avançai dans la direction d'où venait l'appel. « Ho ! » Je contournai la forge et découvris de l'autre côté de la grève… un vaisseau !

Malheureusement, il n'était nullement prêt à appareiller. Les « Ho ! » étaient scandés par des hommes qui soulevaient son énorme mât pour le dresser en place. À chaque cri, les uns levaient tandis que les autres faisaient progresser par-dessous une chèvre[1], pour l'empêcher de retomber.

– Eh, toi ! Attrape !

Ça s'adressait à moi. Une chaloupe abordait. Deux hommes aux rames, un jeune homme bien habillé assis à l'arrière. Je saisis rapidement la corde qu'on me lançait et, en m'efforçant de ne rien montrer de la douleur qui brûlait mon dos, je tirai dessus pour aider la chaloupe à s'échouer.

Les matelots ne descendirent pas, seul le jeune homme mit pied à terre. Il avait à peu près l'âge de Trémeur, mais c'était leur seul point commun. Il était élégant, soigneusement rasé, et portait des vêtements bien coupés.

– Merci, matelot ! lança-t-il amicalement en passant à côté de moi.

Subitement embarrassé, je serrai mes bras contre ma veste pour masquer les reprises. C'était inutile, il ne m'avait pas vraiment prêté d'attention. Il se dirigeait vers les entrepôts. Sans savoir pourquoi, je lui emboîtai le pas.

– J'en profite pour revenir aux provisions, lança-t-il aux magasiniers. Autant manger du frais en attendant le départ, on sera bien assez tôt réduits au lard salé et aux biscuits.

1. Appareil de levage composé de trois poutres en faisceau.

De quoi parlait-il ? Envahi par un espoir fou, j'oubliai ma timidité naturelle pour demander :

– Il y a des bateaux qui ne sont pas partis ?

Surpris, il se retourna. Il me regarda, puis il regarda mon bras que, d'instinct, j'avais mis en défense devant moi ; je le rabattis vivement.

– Disons qu'ils sont à moitié partis, répondit-il d'un ton railleur.

Son ironie ne semblait pas dirigée contre moi. Il tendit au magasinier une feuille sur laquelle figuraient des colonnes de mots, et ajouta avec humour :

– On part pour Pondichéry et on se retrouve… en rade de Groix. (Il désigna l'embouchure de la rivière.) J'espère qu'on n'attendra pas trop longtemps. Sinon, on est bon pour arriver après tout le monde aux Indes, et notre marchandise ne vaudra plus tripette.

– La flotte des Indes est à Groix ? soufflai-je, sidéré.

– Eh oui. Le roi hésite à la laisser partir à cause de la guerre*. C'est que nous avons presque toute l'Europe contre nous, hein !

Ce jeune homme si bien mis me parlait, à moi, pauvre pouilleux, comme si j'étais quelqu'un. Cette guerre, je n'en savais quasiment rien mais, de peur qu'il ne me prenne pour un demeuré, je lâchai d'un air entendu :

– Tout ça, c'est la faute à ces maudits Anglais et Hollandais.

Le jeune homme sourit et dit d'un air amusé :

– Oui... Considérons qu'ils ont des excuses. Notre bon Louis le Grand a une petite tendance à vouloir imposer sa loi partout, et ça ne plaît pas à tout le monde. Et puis il a révoqué l'édit de Nantes*...

J'acquiesçai de la tête, comme si je voyais de quoi il parlait, et j'eus terriblement honte de mon ignorance. Il dut le lire sur mon visage, car il reprit :

– L'édit de Nantes, tu connais ? Il permettait aux protestants de vivre en paix chez nous. Sa révocation, c'est-à-dire son annulation, les a mis hors la loi, et ils ont dû fuir le sol de France. Alors les autres pays protestants, l'Angleterre et la Hollande (il me fit un clin d'œil), ont du mal à pardonner.

Il se tourna vers l'intérieur de l'entrepôt et précisa en direction des commis :

– Une bonne centaine, les choux, hein ! On est nombreux, là-dessus.

C'est alors que je saisis subitement la fonction de cet homme.

– Vous êtes écrivain sur un vaisseau de la Compagnie ?

Soudain, je n'avais plus aucune crainte. Ni même aucune honte. Comme quand je discutais avec Charlotte.

– Tu l'as dit, confirma-t-il en sortant du papier et un encrier de la sacoche pendue à son épaule. Sur le *Gaillard*. Tiens, rends-toi utile.

Il me planta l'encrier dans la main, me demanda de le tenir bien droit et y trempa sa plume. Puis il fit courir adroitement celle-ci sur le papier.

Je me sentis immensément fier de sa confiance. Ces signes mystérieux qu'il traçait avaient un sens et, bientôt, je serais en mesure de les déchiffrer. Dès que je saurais lire.

Cela me remit cruellement en mémoire l'épisode des pieds de couteaux engloutis dans le sale estomac de mon frère.

– Mon père aussi est écrivain, dis-je en tentant de raffermir ma voix.

– C'est vrai ? fit le jeune homme sans cesser d'écrire.

– Il est parti depuis longtemps. Il n'est pas encore revenu.

L'écrivain me jeta un coup d'œil et se signa vivement pour conjurer le mauvais sort. Enfin, il soupira d'un air plus fataliste que ne l'était son attitude :

– Il y en a toujours qui ne reviennent pas. C'est la loi de la mer.

– Justement, osai-je, peut-être que je pourrais avoir de ses nouvelles. Si vous vous arrêtez à l'île de l'Ascension…

– On s'y arrêtera. Pas un capitaine n'accepterait d'y passer sans recueillir les nouvelles et laisser un message pour signaler son passage.

– Comment fait-on, pour les messages ?

– On les met dans une bouteille qu'on enterre au pied de la croix, au sommet de l'île. Que voudrais-tu laisser ?

– Un billet pour demander si quelqu'un a vu le vaisseau de mon père.

– D'accord. Écris ça et donne-moi le billet. Je le déposerai, je te le promets.

– C'est que…

– Que tu ne sais pas écrire ? Bon. Je vais te le rédiger. Après tout, porteur d'encrier, ça mérite salaire.

Il rit gaiement. Vraiment, il me plaisait.

– Alors, reprit-il en se saisissant d'un papier neuf, comment s'appelle-t-il, le bateau de ton père ?

– Le *Soleil d'Orient*.

Il laissa sa plume en suspens et lâcha :

– Ah.

Puis il positionna son papier sur son bras et se dicta à lui-même ce qu'il écrivait : « Qui a vu le *Soleil d'Orient* ? »

Je suivais avec attention tous ses gestes. « Soleil » était le mot qui avait un rond vers le début. Je ne pus m'empêcher de murmurer :

– C'est beau, quand c'est écrit.

Le jeune homme sourit, traça une deuxième ligne, en dessous, toute pareille à la première, arracha le haut du papier et me le tendit en déclarant :

– Voilà la copie de ton message.

Et il me désigna les mots un par un pour que je sache à quoi correspondait chacun. Je contemplai avec émerveillement les lettres dessinées. « Soleil d'Orient » finissait par une croix ressemblant à celle qu'on voyait dans « Matelyer ». L'écrivain ajouta d'un ton hésitant :

– Tu sais, quand le *Soleil d'Orient* a disparu, il avait à son bord les ambassadeurs du Siam*. Alors tout le monde l'a cherché... Le roi du Siam a longuement hésité, puis il a décidé d'envoyer une seconde ambassade. C'est donc qu'il considérait la première comme...

– On n'est jamais sûr de rien, soufflai-je.

S'il y avait des ambassadeurs à bord, le *Soleil d'Orient* ne pouvait s'être perdu corps et biens ! Des personnages aussi importants ne se laissaient pas engloutir ainsi !

– Tu as raison, reprit le jeune homme. Il n'y a aucune raison de perdre espoir. Tu as prévu une bouteille, pour glisser ton message ?... Je vois que non. Ne te tracasse pas, j'en trouverai une. Entre écrivains, on doit se soutenir.

Bon sang, pourquoi ce jeune homme n'était-il pas mon frère ? Je l'aurais échangé contre Trémeur sans la moindre hésitation.

Il ne fallait pas rêver... Le cochon n'a pour frère qu'un cochon.

– Au retour, ajouta l'écrivain, quand on repassera à l'île, je regarderai s'il y a une réponse et je te la rapporterai. Comment t'appelles-tu ?

– Lucas Matelyer.

Un moment, j'eus l'espoir qu'il me dirait qu'il connaissait mon père, mais ça, c'était seulement dans les contes. J'ajoutai :

– Vous n'aurez pas besoin de me chercher, je surveillerai le retour du *Gaillard*. Dès que ses voiles pointeront sur l'horizon, je serai là.

Il ne reviendrait guère avant dix-huit mois, mais c'était mieux que rien. Attendre, j'en avais l'habitude. On en avait tous l'habitude. Notre vie entière se passait à guetter ce qui venait de la mer.

Je serais volontiers resté parler avec lui, sauf que je ne pouvais lui faire perdre son temps. Je le remerciai et m'éloignai respectueusement.

– Lucas ! rappela-t-il soudain.

Je tournai vivement la tête.

– Redresse-toi. Si tu fais la brebis, on te tondra.

Toute la nuit, la scène repassa dans mon esprit. Il avait raison, l'écrivain. Il avait remarqué mon bras en défense. Si on se protège avant d'être en danger, ça laisse supposer aux autres qu'on s'attend à être attaqué, et ça leur donne l'idée d'attaquer. Je me sentais une sorte de chaleur dans le cœur. Quel dommage qu'il parte ! Et dire que je ne connaissais même pas son nom !

En tout cas, il laisserait le message, et j'étais de nouveau plein d'espoir. Quant au petit morceau de papier qu'il m'avait donné, je l'avais soigneusement caché dans une fente du mur, là où Trémeur ne pouvait pas le trouver.

J'eus beaucoup de mal à m'endormir.

J'avais enfin sombré dans le sommeil quand j'en fus brusquement tiré par une voix, au-dehors, qui hurlait : « Bizin ! Bizin ! »

CHAPITRE 7

J'avais à peine entendu le cri, que les pieds de mon frère me propulsèrent hors du matelas. En plein sur mes blessures. Je cherchai ma veste à tâtons. Ma mère, qui dormait au bout de notre paillasse, se leva aussi. Comme elle était rentrée tard du lavoir, je lui soufflai :

– Reste, j'irai seul. Je suis assez fort maintenant pour travailler pour deux.

– Personne ne travaille pour deux, répondit ma mère. Si tu es plus fort, nous en aurons plus, et c'est tant mieux. Le meilleur pain qu'on puisse manger, c'est avec sa sueur qu'on le gagne.

– Dépêchez-vous, au lieu de brasser le vent, grogna Trémeur. J'irai tout à l'heure vous aider à remonter le chargement.

On n'avait pas le temps de ranimer le feu pour avoir un peu de lumière. J'attrapai au jugé les vieux sacs de toile qui pendaient à un clou et repérai du bout des doigts ceux qui avaient des trous sur les côtés. J'en tendis un à ma mère et enfilai l'autre par-dessus ma veste. Ça protégeait toujours un peu de l'humidité. Les sacs sans trous, je les glissai sous mon bras.

Ma mère était déjà dehors avec sa brouette. Je la rejoignis en courant. Si on arrivait trop tard, on n'aurait plus rien.

La lune était pleine et éclairait le chemin. Il faisait un froid de loup. Partout, la nuit s'enflammait, et on voyait des torches converger vers les grèves en s'agitant convulsivement.

Pourvu que ce ne soit pas une blague ! Avec Jean-qu'en-n'a-pas, il fallait s'attendre à tout. Il n'avait que du vent dans la tête et, en dehors de la chasse à la taupe – pour laquelle il montrait un certain génie –, il n'était pas bon à grand-chose. Le Ciel avait dû lui attribuer, par erreur, l'esprit d'une taupe.

D'un autre côté, il fallait bien lui faire confiance : il était le seul à accepter de veiller dehors par un froid pareil.

Au loin, on entendait des voix qui chantaient pour réchauffer les cœurs. Les femmes Le Floch sortirent de la ferme au moment où nous passions devant. Ma mère leur lança gaiement :

–Il est temps de se presser. J'espère qu'il y en aura pour tout le monde.

–C'est un bon temps. Avec la tempête des jours derniers, fallait bien s'y attendre.

Il me semblait que c'était la bru qui venait de parler. Difficile d'en être sûr quand les visages étaient dissimulés par la coiffe et les silhouettes déformées par l'empilement de vêtements. En revanche, je reconnus la voix cassée de la grand-mère :

– *Cent choses entendues ne valent pas une chose vue*, et je me méfie des lutins qui vous *le* font disparaître comme rien.

Un autre groupe se joignit à nous : les femmes et les enfants de la ferme Kerhé.

– C'est pas les lutins qui me font peur, remarqua une des filles, c'est plutôt de me casser un pied ou d'attraper une fluxion de poitrine.

– Les jeunes, grommela une voix, toujours à se plaindre. Nous autres, on aurait dit ça à nos parents, on se serait attrapé une rafle de cinq plus vite que le roi lève ses impôts.

Moi, des claques, j'en avais rarement. Trémeur préférait le poing ou le ceinturon.

– Je dis pas ça pour pas y aller ! protesta la fille.

– Manquerait plus que ça, grogna l'autre.

La grand-mère Le Floch, toujours boute-en-train malgré son âge, se mit à chanter pour couper court à la dispute :

– *Viens ici, bizin, que je t'attrape,*
Tu vas me faire un collier.
Viens ici, bizin, que je t'attrape,
Tu ne sais pas ce qui va t'arriver.

Tout le monde reprit en chœur. La fille Kerhé inventa un second couplet avec « Tu vas me faire un matelas » et « Tu ne sais pas ce qui t'arrivera », qu'on répéta gaiement. Quelqu'un d'autre imagina :

« Tu vas me faire une flambée » et « Sûrement que ça va te faire les pieds » et je me lançai dans « Tu vas me faire une tisane » et « Sûrement que tu auras l'air d'un âne ». J'aurais bien dit « bouillon » au lieu de « tisane », mais la rime n'aurait pas plu à ma mère.

Enfin, en riant et en plaisantant pour oublier le froid et la peur, on arriva à la grève.

Jean-qu'en-n'a-pas n'avait pas menti, le bruit du ressac était lourd et gras, le goémon était là. Sous la lueur de la lune, la mer n'était plus claire et lisse, elle portait sur son ventre notre précieux bizin. En se retirant, elle le déposait peu à peu sur le sable ; malheureusement, ceux qui habitaient plus près étaient déjà là, à le ratisser en vitesse. Si on voulait en avoir, il faudrait rentrer dans l'eau. C'était à chaque fois pareil, on ne pouvait pas lutter.

On se mit à courir pour commencer au plus vite, et peut-être aussi pour ne pas se laisser de temps pour l'appréhension. Car l'eau était glaciale. Chacun avait entassé sur son dos tous les vêtements qu'il possédait, avec l'avantage d'avoir moins froid, mais l'inconvénient que tout serait trempé. Il valait mieux ne pas y penser. J'entrai dans l'eau sans hésiter pour ne pas avoir l'air d'un délicat.

Le froid me glaça horriblement, surtout au ventre. Luttant contre l'impression de me ratatiner, je brassai la mer avec de grands mouvements pour ramener vers moi les masses gluantes de goémon.

– Il est interdit de tirer sur ce qui est attaché au rocher ! cria quelqu'un.

Un paysan, évidemment. Parce que seuls les paysans avaient l'autorisation de couper le goémon. Les « sans-terre », comme nous, n'avaient droit qu'aux épaves arrachées par les tempêtes et dérivant sur l'eau.

Menées par les hommes, les charrettes commençaient à arriver. Nous n'avions qu'une brouette, et je n'étais pas sûr que Trémeur vienne nous aider à la remonter. Le bizin était l'affaire des femmes et des enfants, même si beaucoup d'hommes aidaient en conduisant le cheval.

Une fois que j'avais rassemblé assez de goémon autour de moi, je l'entassais dans le sac attaché à mon épaule. Pour me donner du courage, je pensai à mon courtil qu'il engraisserait, au feu qu'il alimenterait.

À la clarté de la lune, je reconnus Neige, le gros cheval blanc de Lorho. (Le mari de Charlotte était à son aise, pas un miséreux comme nous.) Ma sœur devait être quelque part par là, dans l'eau jusqu'au ventre malgré le bébé qu'elle portait, mais je ne la voyais pas. Des cris s'élevaient parfois, quand on se disputait une algue dont chacun tenait un bout. Dans ce cas, ma technique était de lâcher prise tout de suite, sinon je perdais du temps pendant que les autres engrangeaient.

Nous étions si nombreux dans l'eau qu'il n'y eut bientôt plus de goémon. Comme toujours, on en fut à la fois déçu et soulagé.

Je ne sentais plus le bas de mon corps, et le haut ne valait guère mieux. C'était même plutôt pire, car il était à la merci du vent qui glaçait mes vêtements mouillés. Je claquais tellement des dents que je gardais ma langue repliée pour ne pas me la mordre involontairement.

J'avais deux sacs pleins. Je les remontai sur la grève et me frictionnai vigoureusement.

Ma mère me rejoignit. Ses jupes, trempées jusqu'à la taille, tombaient lourdement.

–Pas la peine d'attendre Trémeur, dit-elle, on est bien capables de ramener ça tout seuls. Rentrons vite.

Mes deux sacs plus les siens, ce n'était pas léger sur la brouette, mais je prétendis le contraire. J'avais surtout hâte d'aller me mettre à l'abri de la morsure glacée du vent.

–Ho ! nous lança Lorho, c'est fini ?

–Fini, dit ma mère. Elle en a eu beaucoup, ma Charlotte ?

–Elle m'a déjà remonté deux sacs et elle est repartie. Elle est courageuse, votre fille, Marie-Anne.

–Je l'avais dit, et je ne vole pas sur la qualité, moi, plaisanta ma mère.

–Bon, faut qu'elle rentre, maintenant, elle va finir par prendre du mal. Tout le monde est sorti, elle en trouve encore ?

On regarda tous vers la mer.

– Bon sang, où qu'elle est ? s'inquiéta Lorho.

Ma mère posa sa brouette et redescendit vivement vers la grève. Je me mis à courir derrière elle.

– Charlotte ! gueulait Lorho sans oser lâcher son cheval de peur qu'on lui vole son goémon.

Il n'y avait personne dans l'eau. Non, personne. J'avais beau galoper le long de la grève en scrutant la mer de tous mes yeux, je n'y apercevais pas la moindre tête.

Des femmes entrèrent de nouveau courageusement dans l'eau en appelant :

– Charlotte ! Charlotte !

Appeler ne servait à rien. Quand la mer vous attrape, il n'y a plus qu'à dire sa prière. Ça ne servait à rien, je le savais, mais ça ne m'empêchait pas de gueuler, moi aussi, à pleins poumons, avec un désespoir de plus en plus grand. Si Dieu avait fait ça, c'était horriblement injuste !

Je ne sentais plus le froid. J'avançais dans l'eau en levant haut les genoux pour aller le plus vite possible, et c'est là que j'aperçus quelque chose flottant à la surface. Une forme longue, et sombre. Mon Dieu, ne faites pas ça. Mon Dieu, faites que ce ne soit pas elle.

C'était une jupe, c'était un corps immobile comme une épave à la merci des flots. Je me précipitai et soulevai vite sa tête hors de l'eau. Charlotte ! Il n'était peut-être pas trop tard. Pas trop tard…

– Doux Jésus, s'exclama une femme. Et son petit qui ne sera pas baptisé !

– Il va errer dans les limbes éternellement, gémit une autre.

Je hurlai :

– Taisez-vous, vieilles folles ! Taisez-vous !

Je m'en fichais du petit. Je m'en fichais ! Je tenais ma sœur dans mes bras et lui embrassais le visage pour la réchauffer. Mais mes larmes roulaient sur son front, et elle ne les sentait pas.

Ma mère bouscula tout le monde, saisit la tête de ma Charlotte et la serra contre elle. Puis, rapidement, elle murmura une prière et traça sur son front le signe de la croix.

CHAPITRE 8

– Ce qui doit nous consoler, murmura ma mère, c'est qu'elle n'est pas morte sans sacrements.

Elle le répétait pour la dixième fois ; cela signifiait qu'elle voulait s'en persuader et, donc, qu'elle croyait le contraire. Elle avait raconté partout que, au moment où elle s'était penchée sur Charlotte, celle-ci avait remué les lèvres, ce qui prouvait que la vie ne l'avait pas encore quittée. Alors elle avait vite dessiné sur son front un signe de croix et, ainsi, sa fille n'était pas partie sans sacrements.

Je devais y croire aussi. Je devais y croire. Car partir sans sacrements était la mort la plus affreuse qu'on puisse imaginer, celle qui vous interdisait le paradis à tout jamais.

– Ben merde, alors, répétait Trémeur (lui aussi pour la dixième fois). Elle aura glissé sur les rochers. Elle voulait toujours aller plus loin que tout le monde, aussi ! Pas moyen qu'elle soit raisonnable !

Moi, je ne disais rien. J'étais devenu comme muet. Ma gorge était incapable de fonctionner, ma langue était paralysée.

–C'est pas la première et ce ne sera pas la dernière, nota sentencieusement la boulangère qui avait cru devoir nous rendre la visite des morts.

La mère Le Floch ajouta :

–Avec le temps et le vent, tout chagrin s'envole, va…

C'était censé nous consoler.

Je ne voulais pas être consolé. Je ne pouvais pas. Je me sentais comme mis à nu. Depuis ma naissance, Charlotte constituait mon seul rempart contre le monde, ce monde représenté par Trémeur.

Je repensai au jeune homme du port. J'aurais dû lui demander s'il n'y avait pas besoin d'un mousse à bord. Alors je serais parti. La vie de mousse ne pouvait pas être pire que celle d'ici. De quoi ma mère avait-elle peur ? On risquait tout aussi bien sa vie en allant au bizin dans le froid de la nuit.

Je serais parti et je n'aurais rien su. Et je ne me serais pas reproché de n'avoir pas cherché Charlotte du regard. Si j'étais allé travailler à côté d'elle, rien ne serait arrivé. Elle ne serait pas morte.

J'essuyai du plat de la main les larmes qui roulaient sur mes joues. Je ne devais pas pleurer, j'étais grand.

Après la messe des morts, on mit ma Charlotte dans la terre froide du petit cimetière, au pied de l'église, et ce fut tout.

La vie reprit, et je retournai à la pêche en traînant les pieds. Mon cœur pesait une tonne. Il fallait que je m'en aille, que je m'embarque. Plus rien ne me retenait ici. Est-ce que je devais attendre le destin que m'avait prédit le mendiant ou m'enrôler sur-le-champ ? C'était ma seule incertitude. De toute façon, mon rêve était d'aller aux Indes, et les vaisseaux de la Compagnie avaient levé l'ancre…

Hanternoz cherchait les crabes sous les rochers, en plongeant ses mains dans les failles sans la moindre précaution. Si l'un d'eux avait l'aplomb de se défendre en pinçant, il lui arrachait les pattes. Je lui avais déjà fait des réflexions sur la bêtise de torturer inutilement les animaux, mais il s'en fichait. D'ailleurs, à vrai dire, tout le monde s'en fichait, sauf moi. Ils prétendaient tous que les animaux n'étaient pas comme nous, qu'ils n'avaient pas d'âme et qu'ils ne souffraient pas. Je me demandais comment ils le savaient. C'était juste que ça les arrangeait de le croire.

Finalement, je me contentai de remarquer :

– Tu as tort de faire ça. Quand les pattes sont arrachées, l'intérieur du corps s'en va à la cuisson et on en perd beaucoup.

– Tu crois ? s'inquiéta-t-il.

J'avais touché juste. Il regarda le crabe d'un air circonspect.

– Tu as de la veine, lui dit-il.

Et il le jeta dans son sac.

Voilà. Hanternoz ne cessait de martyriser les crabes que par égard pour son estomac. C'était déjà ça, bien que ce soit triste. Depuis que Charlotte nous avait quittés, tout me faisait mal au cœur.

Hanternoz ne pensait pas du tout à ma sœur, je crois qu'il n'imaginait même pas que je puisse avoir du chagrin. Lui n'avait pas de sœur, il avait toujours été seul pour se défendre, alors j'aurais eu honte de lui en parler.

– Je me demande, me dit-il soudain, si je ne devrais pas faire pirate.

– Pirate ? Mais ce sont des voleurs et des criminels !

Hanternoz n'eut pas l'air vraiment effrayé par cette idée. Il proposa néanmoins :

– Ou alors corsaire. Ça rapporte bien plus que la pêche à la morue ou les vaisseaux de la Compagnie.

C'était déjà mieux, car les corsaires se battaient pour leur pays, et n'attaquaient que les bateaux ennemis. Corsaire... Un métier plein de gloire ! On devenait riche et célèbre...

– Comme Jean Bart ? dis-je.

– Tout juste. Et si je m'embarquais avec lui ?

– Jean Bart est prisonnier des Anglais...

– Non, il s'est échappé, tu ne le savais pas ? Il a ramé pendant deux jours et demi depuis l'Angleterre, et il a réussi à rejoindre Saint-Malo.

Saint-Malo ! Les corsaires y étaient presque tous. Pourquoi est-ce que je n'irais pas, moi aussi ?

Parce que ma mère ne me laisserait jamais partir. Et puis, j'avais un peu la trouille : c'était loin, et les routes étaient de vrais coupe-gorge.

La mer s'engouffra entre les rochers où nous pêchions, nous signifiant que la marée était finie.

– Au fait, s'exclama alors Hanternoz, j'ai quelque chose pour toi.

Il remonta sur la dune et brandit ce qu'il y avait laissé, et qui me sembla être un morceau de bois.

Vu de près, c'était du bois vivant, un jeune arbre, dont le tronc avait été entamé par un coup de serpe.

– C'est arrivé ce matin au château, m'expliqua-t-il. Toute une livraison de pommiers que le seigneur a fait venir de Normandie. Il paraît qu'avec ces pommes-là on produit du cidre. Cet arbre est abîmé, alors il l'a jeté. Mais comme toi, tu es un peu bizarre et que tu aimes les plantes et les animaux, tu pourrais tenter de le sauver. J'ai pensé que ça te ferait plaisir.

Je pris le pommier avec émotion. Un arbre rare, rien que pour moi ! J'avais eu tort de supposer qu'Hanternoz n'imaginait pas mon chagrin, je crois que c'était sa manière à lui de me dire qu'il partageait ma peine.

– Je le sauverai, affirmai-je comme si on venait de me confier le fils du roi.

– J'espère bien, lança mon ami en s'éloignant pour ne pas me laisser le temps de le remercier.

J'examinai le pommier avec attention. On lui avait coupé les branches très court, et il lui restait cinq moignons : un petit en haut, deux dressés sur les côtés, et deux pointant vers le sol. On aurait dit un être humain. Ses racines étaient fortes et belles. Elles n'auraient aucun mal à reprendre vie et à le nourrir. Il ne restait qu'à le soigner pour le tirer d'affaire.

Le tronc ayant été entaillé, je retirai, du tissu de ma veste, un fil assez long et l'enroulai solidement autour de la blessure pour la refermer.

C'est là que la révélation me vint : la tête de l'arbre me faisait penser à Charlotte, et ses racines… à mon père. C'était comme si mon père et ma sœur veillaient sur moi.

En retraversant le village, j'aperçus ma mère qui pénétrait dans l'église. Je la soupçonnais d'aller prier pour l'âme de ma sœur, parce qu'elle n'avait pas réussi, comme elle le prétendait, à lui donner les derniers sacrements avant sa mort. Et Dieu était inflexible là-dessus : sans sacrements, pas de paradis.

Pour une pauvre graine d'humain comme moi, il paraissait injuste qu'une âme aussi belle que celle de Charlotte soit privée des délices du ciel pour un instant de plus ou de moins, mais un rat n'avait pas à juger de la loi de Dieu. Je priais donc, moi aussi, chaque soir pour ma sœur.

À cause de ces terribles événements, j'avais presque oublié le papier caché dans le mur. Une fois mon arbre soigneusement planté dans le courtil, je profitai de l'absence de ma mère et de Trémeur pour aller l'extirper de sa cachette. Je savais qu'il y avait là-dedans toutes sortes de lettres ; en les comparant avec celles de mon nom, je pensais arriver à les comprendre, et à recomposer de nouveaux mots. J'étais décidé à y passer le temps qu'il faudrait.

Le contact de la feuille m'inquiéta : elle était tout humide. Le souffle court, je la dépliai lentement.

L'encre avait bavé, le papier était maculé de taches… Mon cœur s'arrêta. L'écriture était devenue illisible. Je faillis en hurler de douleur. Comment aurais-je pu savoir que le papier craignait l'humidité ? Je n'en avais jamais touché de ma vie ! J'éclatai en sanglots. Comme un imbécile que j'étais. Sangloter sur un morceau de papier alors que ma sœur venait de mourir !

J'étais affreusement désespéré ; à la fois par la douleur dans mon cœur, par ma bêtise, et par mon impuissance. Dieu savait, lui, combien j'étais insignifiant. Il voulait me punir de ma prétention. Vouloir apprendre à lire ! Je n'étais ni assez pieux ni assez raisonnable.

Je roulai lentement le papier sur lui-même et allai l'enterrer au pied de mon pommier. Puis je pleurai toutes les larmes de mon corps et, enfin, je me sentis mieux.

Les semaines passèrent. À l'abri du mur du courtil, mon pommier, arrosé de mes larmes, semblait vouloir résister au destin. En mars, ses boutons se mirent à gonfler, et j'eus alors l'impression que Dieu ne m'avait pas tout à fait abandonné.

Chaque matin, je courais le voir et je lui parlais. Je crois que ça lui plaisait, et il me fit bravement six bouquets de petites feuilles bien saines.

Au début, je ne lui parlais que de ses progrès, parce qu'il avait besoin de moi pour survivre mais, quand il devint plus fort, je me permis de lui raconter aussi mes problèmes. Oh ! sur le ton de la rigolade, bien sûr, je ne voulais pas l'attrister. Je lui signalais, par exemple, les endroits de mon dos que la ceinture de Trémeur ne touchait miraculeusement jamais, je lui racontais combien de palourdes j'avais réussi à vendre au village sans que mon frère s'en aperçoive. Je lui parlais aussi de Charlotte, souvent, et je lui soumettais les projets qui me passaient par la tête. Il n'avait pas été d'accord pour que je devienne corsaire. Pirate non plus, évidemment. Et il se moquait de moi quand je prononçais le mot de « mousse ». Il me conseillait d'attendre et d'aller à l'école comme prévu. J'avais beau lui dire que je ne pourrais pas apprendre à écrire parce que je ne gagnais pas assez d'argent, il restait inflexible.

En réalité, de l'argent, j'en gagnais avec mes pêches. Seulement, Trémeur, qui n'avait toujours pas de vrai travail, exigeait que je lui remette tout.

Ce que je ne supportais pas, c'était que la plus grosse partie de mes gains disparaisse à son seul profit, au cabaret. J'avais essayé de protester et n'en avais retiré qu'une volée mémorable qui m'avait empêché de marcher pendant trois jours. J'avais été obligé de me cacher parce que j'avais des bleus et des blessures même sur la figure. Si quelqu'un les avait découverts, le village aurait immédiatement su combien j'étais insupportable.

Au fil des semaines, mon pommier devenait magnifique. Malgré ses blessures, il survivait. Un peu comme moi, finalement. Cependant, il n'avait mis aucune fleur. Il était trop jeune.

Ce n'était pas grave. Attendre, j'en avais l'habitude. C'était une seconde nature.

J'avais réussi à caser tous les chatons lors de la noce du Lorho de Charlotte.

Oui, Lorho s'était remarié. Normal. On ne peut pas tenir une ferme sans épouse.

Normal.

Maintenant, Charlotte n'avait plus que moi.

Nous arrivâmes ainsi à ce dimanche de mai, qui m'apporta un si grand soulagement.

CHAPITRE 9

Ce dimanche de mai fut celui où, au sortir de la messe, le curé déclara ouverte la pêche à la sardine. Tout le village se rendit en procession jusqu'à la mer pour voir bénir les bateaux et réciter les prières. Le curé reparti, on passa aux autres prières, celles qui étaient interdites par l'Église.

D'abord une pour que le roi des sardines n'avale pas dans un coup de folie tous ses sujets, comme ça lui arrivait parfois. Ensuite une pour qu'il ne soit pas pris par mégarde dans un filet, car alors les sardines ne revenaient plus et la saison était perdue. La dernière était pour que la mer soit assez salée. Parce que, si elle ne l'était pas, les sardines ne se montraient pas. C'est ce qu'on disait, en tout cas.

« Mords, sardine, mords ! » chantions-nous à pleins poumons sur la grève.

Et nous suivions des yeux les barques qui filaient, leurs mâts inclinés vers l'arrière, leurs petites voiles brunes gonflées au vent.

Moi, c'était de voiles blanches que je rêvais. Les voiles blanches des grands vaisseaux de commerce.

La sardine nous sauva, car mon frère trouva à s'enrôler sur un bateau de pêche. Elle nous sauva comme elle sauvait chaque année le village.

À la maison, l'humeur était meilleure et – la mère Le Floch n'avait pas totalement tort – le temps qui passait atténuait ma peine. Je ne pensais plus à Charlotte en permanence, juste de temps en temps, et avec plus de douceur que de douleur. Et puis, elle ne m'avait pas quitté, elle m'avait laissé le pommier.

Les bancs de sardines étaient bien là, et tout allait à merveille. Les pêcheurs pêchaient, les presseurs pressaient, les marchands emportaient de pleins tonneaux vers Rennes, et même Paris. L'huile de sardine coulait à flots, emplissait les lampes, partait pour les tanneries, le pays tout entier puait le poisson ; c'était la vie.

Nous avions réglé toutes nos dettes et nous mangions à notre faim. Et même, une fois par semaine, nous avions de la viande. Enfin... des tripes. Bien sûr, Trémeur buvait la moitié de nos revenus, mais il avait le vin gai et ne me frappait plus. Je vis s'entrouvrir le paradis.

Malheureusement, ma mère avait raison, le paradis n'est pas sur cette Terre. Un soir que je revenais de la dune où j'avais retourné pour la centième fois mon goémon qui séchait, je trouvai Trémeur déjà à la maison. Il racontait que, tandis que l'équipage faisait une halte sur la grève pour chercher des œufs dans les nids accrochés aux falaises, il avait été surpris par un bateau de contrôle avant d'avoir eu le temps de cacher la gueldre.

La gueldre était un mélange d'œufs de poissons et de crabes, qui servait à appâter les sardines. Il était interdit de s'en servir, parce que, d'après les gens du roi, pêcher des poissons dans l'unique but de pêcher d'autres poissons dépeuplait les fonds.

– Mais qu'est-ce qu'ils croient ? s'emporta Trémeur. Qu'on a les moyens d'acheter leurs maudits œufs de morue au prix où ils les vendent ?

– Combien ? demanda timidement ma mère en parlant, bien sûr, de l'amende.

– Le bateau a été confisqué, ça ne te suffit pas ? aboya Trémeur.

Ma mère se tut. Mon frère se dirigea vers la cheminée, saisit le pot dans lequel nous amassions nos maigres économies, les versa dans sa main et sortit d'un pas plein de colère.

Je le regardai passer la porte sans souffler mot. S'il n'avait pas encore bu, c'était que cette affaire l'avait privé de sa paie. Visiblement, il allait se rattraper. Ma mère me dit alors quelque chose de surprenant :

– Il fait doux. Tu ferais peut-être mieux de coucher dehors.

Sur le moment, à cause de ma colère de voir disparaître nos économies, je ne sus pas analyser ces mots. Ce n'est qu'en en parlant avec le pommier que je compris : ma mère pensait que, si Trémeur était ivre, j'allais me faire battre même si je n'avais rien fait. Elle considérait donc que les coups n'étaient pas toujours justifiés ! Ce fut pour moi une révélation, et ma mauvaise conscience s'évanouit.

Malgré la révolte qui m'habitait, cette nuit-là me fut douce. Je n'étais pas un bon à rien insupportable, j'étais juste affublé d'un frère brutal et injuste. Pourtant, rien n'était changé dans les faits : tant que Trémeur serait plus fort que moi, il ferait sa loi. Je m'en rendis d'autant plus compte que, le lendemain, on était dimanche. Je haïssais les dimanches.

À cause du curé, d'abord, qui nous fichait la trouille en nous menaçant sans cesse de l'enfer. Parce qu'on avait travaillé au courtil le dimanche (ce que Dieu interdisait), qu'on avait dansé à une noce (ce que Dieu abominait), ou joué aux cartes (ce que Dieu vomissait). L'esprit tourmenté, je passais alors en revue mes péchés et, je l'avoue, j'en avais toujours en réserve : j'avais été distrait pendant une prière, j'avais mangé mon pain avec trop de gourmandise… Des péchés qui me gâchaient la journée et contre lesquels je n'arrivais pas à lutter. J'étais trop faible.

Mais ce n'était pas la raison principale de ma haine contre les dimanches. Bien que le curé ait obtenu que les cabarets ferment au premier son de cloche pour obliger tout le monde à assister à la messe, mon frère avait assez de son après-midi pour se soûler. Il rentrait en titubant et en gueulant des paillardises, et notre dimanche se terminait mal. Le dicton « Attendons la nuit pour dire que le jour a été beau » était pétri de vérité.

Ce matin-là, le sermon du curé sur le « renoncement » eut tout de même sur moi un effet positif : je me dis que, si je renonçais une bonne fois à apprendre à écrire à l'école, je vivrais moins dans la haine, car l'argent englouti par Trémeur n'aurait plus d'importance.

Et puis, quand je saurais lire, je pourrais bien me débrouiller à imiter les lettres !

J'aurais voulu que mon premier mot soit « Soleil d'Orient », seulement j'avais beau m'entraîner sur le sable, mes souvenirs étaient trop incertains. Je me rappelais une lettre qui semblait danser au début, et un rond qui suivait. Ensuite, le mot prenait un peu de hauteur, mais je ne savais plus de quelle façon. J'étais juste certain qu'il finissait par une croix.

Auprès de mon pommier, je comptai sur mes doigts les mois qui restaient avant mon entrée à l'école. Juin, juillet, les moissons, et après… Ma vie allait changer, je déchirerais le voile noir de mon enfance.

Trémeur rentra plus tôt qu'on ne l'attendait (les vêpres n'avaient pas encore sonné) et ça ne me sembla pas de bon augure. Et surtout, il avait à peine mis les pieds dans la maison que, depuis le courtil, je l'entendis crier :

– Lucas !

CHAPITRE 10

Je marchai vers la maison d'un pas raide. Je me répétais que Trémeur n'avait aucune raison de me battre ; malgré tout, je cherchais dans ma tête ce que j'avais pu faire pour le mécontenter. J'avais peur qu'il me reproche d'avoir planté le pommier sans lui en parler. Mais, si je lui en avais parlé, il aurait refusé. Rien que pour montrer qu'il était le maître.

Je m'arrêtai à la porte, guettant le ton de sa voix – qui augurait souvent de la suite des événements.

– Toi qui prétends que le cabaret est un mauvais lieu… ! disait-il à ma mère.

L'odeur de vinasse qu'il traînait derrière lui me sembla moins forte que d'ordinaire, et ses lèvres ne butaient pas sur chaque mot. En m'apercevant sur le pas de la porte, il s'exclama :

– Eh bien, entre ! Qu'est-ce que tu attends ? J'ai une bonne nouvelle pour toi.

Lui et moi n'accordions jamais le même sens aux mots, aussi je ne me détendis nullement.

Il ouvrit son couteau pliant – que je lui enviais tant – et détacha un gros morceau du jambon qui pendait au plafond (un cadeau de Lorho). Il l'enfourna, le coupa au ras de ses lèvres et, tout en mastiquant bruyamment, il reprit :

–J'ai trouvé du travail.

De crainte que le soulagement se sente dans mes paroles, je demeurai muet. Ma mère s'exclama aussitôt, entre espoir et anxiété :

–Où ?

–À l'Enclos.

Au chantier de construction de la Compagnie des Indes ? Trémeur allait partir à L'Orient ? Une large bande de soleil éclaira mon horizon.

–Au cabaret, reprit-il, il y avait un gars qui cherchait du monde. Il paraît qu'on a besoin de tout, là-bas : des charpentiers, des voiliers, des forgerons, des tourneurs.

–Mais tu ne connais rien de tout ça, souffla ma mère avec stupéfaction.

–Pour le calfatage[1], pas de problème. Ça, je connais. Lucas travaillera à la corderie. J'ai signé pour lui.

J'en fus abasourdi.

–Mais... bredouillai-je, et l'école ?

1. Consiste à boucher les interstices de la coque d'un bateau, pour la rendre étanche.

– On s'en fout, de l'école. Il est temps que tu gagnes ton pain. Un salaire qui tombe tous les jours, c'est ce qu'il faut.

Je luttai pour ne rien laisser transparaître de l'affolement qui me gagnait.

– Pour mes lessives, protesta doucement ma mère, ce sera trop loin.

Je crus que Trémeur allait répondre que, vu qu'on serait deux à travailler, elle pourrait rester à la maison, et cela m'aurait un peu consolé. Seulement, il répondit :

– Tu n'iras plus au Port-Louis, voilà tout. Tu trouveras de la clientèle à l'Enclos. Ça commence à se construire, là-bas. Le directeur de la Compagnie y habite, et plein d'autres. Et les femmes de ces gens-là n'iraient pas se mouiller les mains, elles ont besoin de blanchisseuses. Il paraît que les riches changent de vêtements chaque jour, imagine-toi !

Il essuya son couteau sur sa cuisse et le referma d'un geste sec.

– On part demain, conclut-il. Lorho nous prête sa charrette. Pendant que je vais la chercher, préparez-vous. La mère, tu t'occupes de la maison, Lucas du courtil. Cueille tout, même ce qui n'est pas mûr. Après, on va rassembler le goémon qui est en train de sécher. Profitons qu'on a la charrette pour aller le vendre. Je me suis arrangé avec Tortollec, il achète à bon prix.

– Tortollec ? fit ma mère, stupéfaite. Il n'est pas de la paroisse !

–Et alors ? C'est pour ça qu'il achète à bon prix ! Lucas ira.

–Moi ?

Trémeur m'adressa un geste menaçant qui me fit taire. Il était formellement interdit de vendre le goémon hors de la paroisse.

La rage au cœur, je cueillis les gousses encore vides de mes pois, mes carottes trop petites, mes oignons à peine renflés mais, le pire, c'était mon pommier. En lui expliquant la situation, je le déterrai doucement. Je pris soin de lui garder de la terre autour des racines et lui enveloppai le pied dans un vieux sac de toile. Ce n'était pas la bonne saison pour transplanter les arbres, j'avais terriblement peur qu'il n'y survive pas.

Je groupai ensuite toutes mes récoltes dans la maison, avec les bouses de vache qui serviraient à faire le feu.

–N'oublie rien, dit ma mère d'un ton fatigué. Et redresse-toi. Mieux vaut porter sa croix que de la traîner.

Trémeur revint avec Neige et la charrette. C'était bien la première fois que je n'avais aucun plaisir à voir le cheval blanc. C'est que je n'étais pas fier de ce que nous devions faire, lui et moi. J'avais l'affreuse impression de lui jouer un mauvais tour, à lui si candide, en le mêlant à de sales affaires.

Trémeur ayant grimpé dans la charrette, je conclus que c'était à moi de mener Neige. Je le saisis par la bride et pris lentement le chemin des dunes.

Les dunes, noires de goémon, s'étiraient à perte de vue, mais notre coin était le plus beau. Jour après jour, je l'avais semé de ces gros cailloux qui permettaient au goémon de sécher plus vite et mieux. Tout ce travail perdu...

On commença à charger la charrette. Je me mis à murmurer des prières, comme si je récitais un chapelet «*Ave Maria gracia plena...*» «*Ave Maria gracia plena...*» «*Ave Maria gracia plena...*» de plus en plus vite, pour meubler mon esprit et m'empêcher de penser. Quand je faisais ça, j'arrivais à me sentir comme hors de mon propre corps. Ça me permettait de lutter contre la lucidité qui me hurlait que les portes de l'école, en se refermant définitivement, venaient de précipiter mon avenir dans le trou noir de la misère.

Enfin, la totalité de la récolte fut chargée. C'est alors que surgit la fille du meunier. Je rougis comme si j'étais pris en faute. Pourtant, pour l'instant, nous ne faisions rien de mal, et elle ne pouvait connaître nos projets.

–Vous le ramassez déjà ? demanda-t-elle d'une voix mal assurée.

Je ne lui connaissais pas ce ton embarrassé. Elle était rose comme une crevette dans l'eau bouillante et paraissait encore plus gênée que moi.

– C'est parce que vous allez partir à L'Orient ? reprit-elle.

J'attendis que mon frère réponde. Il n'en fit rien.

– C'est dommage, ajouta-t-elle dans un souffle. J'espère que vous reviendrez.

Je ne me faisais aucune illusion : ce n'était pas pour moi qu'elle disait ça. Elle parlait avec peine, visiblement troublée et honteuse de nous adresser ainsi la parole. Elle avait dû terriblement prendre sur elle pour venir.

Trémeur tourna la tête, la fixa avec insistance, puis lâcha d'un ton horriblement goguenard :

– Pour quoi faire ? Tu me cherches ? Trouve-toi plutôt un sanglier, il sera mieux assorti avec toi.

Adélaïde perdit le souffle et s'empourpra violemment. Bien que je n'aie pas la moindre affection pour elle, elle me fit pitié. Je savais trop ce qu'était l'humiliation, je percevais sa souffrance.

– Bouge ton cul de là, finit mon frère, on n'a pas de temps à perdre.

Adélaïde recula, l'air hagard. Ses lèvres tremblaient. Enfin, elle tourna le dos et s'éloigna. On aurait dit qu'elle voulait courir, mais que ses jambes le lui refusaient.

Mon frère m'adressa un clin d'œil et éclata de rire. Un court instant, je fus si flatté de cette complicité que je ris aussi. Puis, comme je suivais Adélaïde des yeux, mon rire mourut sur mes lèvres. Je sentis qu'elle faisait un effort surhumain pour continuer à marcher et ne pas s'effondrer. L'amour-propre la tenait debout. J'eus de la peine pour elle. Elle ne méritait pas ça, cette marque au fer rouge. Car ce genre de blessure ne se refermait jamais. Or elle n'avait pas d'autre tort que d'être sans charme et plus riche que nous.

– Tiens ! me dit Trémeur d'un air content de lui.

Et il me tendit son penn-baz. C'était un bâton court, avec un gros bout, auquel les enfants de mon âge n'avaient pas droit. J'en demeurai muet.

– Prends-le, insista-t-il. Avec ça, tu frappes sec sur le baptême, sans hésiter.

Et il mima un coup violent sur la tête.

Qu'il me prête son précieux penn-baz n'était pas une marque de confiance, je ne m'y trompais pas. Cela signifiait juste que je risquais d'être attaqué.

– Si tu ne frappes pas le premier et au bon endroit, précisa-t-il, tu es mort.

Je ne sus s'il voulait dire que je mourrais dans la bagarre, ou qu'il me tuerait au cas où je n'arriverais pas à défendre notre goémon. Je regardais le bâton avec crainte.

Les roues de la charrette grinçaient et c'était terrible. J'étais sûr que, si Trémeur avait dû la conduire, il aurait pensé à graisser les essieux. Je tenais la bride bien serrée, pour que Neige n'ait pas la funeste envie de secouer la tête ou de hennir. De temps en temps, je lui caressais le chanfrein pour le rassurer. Pour me rassurer. J'avais choisi les chemins creux les moins fréquentés, enserrés dans les talus les plus hauts, qui nous dissimulaient un peu. Les brigands s'intéressaient rarement au goémon, mais Neige et la charrette pouvaient bien les tenter. Leur manière était de toute façon d'attaquer d'abord et de ne s'inquiéter de la nature du chargement qu'ensuite, quand il était déjà trop tard pour le convoyeur.

Et s'il n'y avait eu que les bandits de grand chemin !

J'étais si tendu que tous mes muscles me faisaient mal. Je tentais de regarder partout à la fois, devant, derrière, et j'abordais chaque croisement avec une frayeur grandissante. Le poignet passé dans la cordelette qui retenait le penn-baz, je serrais convulsivement le manche en priant le ciel de n'avoir pas à m'en servir. La nuit commençait à tomber et j'ignorais si elle me protégeait ou me mettait doublement en danger.

C'est avec un mélange d'appréhension et de soulagement que j'aperçus la route principale et le calvaire[1] qui marquait la séparation entre les paroisses. C'était un endroit que je n'aimais pas beaucoup : on y dressait la potence pour pendre les

1. Croix dressée sur un socle.

voleurs. Cependant, dès que je l'aurais franchi, tout irait mieux.

Je murmurai à Neige de ne pas faire de bruit, jetai un coup d'œil à droite et à gauche… Personne. Je m'engageai en vitesse pour traverser.

– Halte !

L'ordre, venant de derrière, me cloua sur place. Au lieu de dételer immédiatement Neige et de lui donner une bonne claque sur les fesses pour qu'il s'en aille au grand galop, je levai mon penn-baz. C'était une réaction d'autant plus idiote que je n'avais pas en face de moi des voleurs, mais des gens d'armes : des archers de la maréchaussée. Le pire qui pouvait m'arriver. Parce que j'étais en infraction.

Quand je le réalisai, je me figeai, le bras en l'air, incapable du moindre mouvement.

CHAPITRE 11

Les archers fouillaient ma charrette avec une fureur grandissante. J'étais terrifié. Visiblement, ils étaient très déçus par ce qu'ils trouvaient. Ils avaient dû me suivre de loin, attendant, pour me tomber dessus, que je passe les limites de la paroisse.

–Où sont les pierres ? aboyèrent-ils enfin.

Croyant qu'ils parlaient des pierres sur lesquelles je faisais sécher mon goémon, je ne compris pas.

–Je les ai laissées sur la dune…

–Tu te moques de nous ? Des pierres précieuses, sur la dune ?

–Elles… ne sont pas précieuses.

L'un d'eux m'attrapa par le devant de ma veste (que j'entendis se déchirer) et reprit d'un ton d'une patience inquiétante :

–Alors, que caches-tu ? De l'or que la Compagnie des Indes veut faire sortir en contrebande ? Des tissus interdits ?

– C'est juste du goémon, soufflai-je d'une voix étranglée.

Mon agresseur dut voir que je tombais réellement des nues, car il me relâcha brutalement.

– Je parierais que c'est vrai, grogna l'autre. Je lui ai trouvé un drôle d'air quand elle nous a parlé de contrebande venant de L'Orient. Je te parie qu'elle voulait s'assurer qu'on ferait bien le déplacement.

Je ne compris pas de qui ils parlaient. L'un d'eux m'agrippa par le bras.

– La fille du meunier, elle a une raison de vous en vouloir ?

Adélaïde ! C'était elle qui nous avait dénoncés ?

Je hochai vaguement la tête. Puis, comme ils poussaient des exclamations furieuses contre la traîtresse, je demandai timidement :

– Je peux partir, alors ?

– Tu te moques de nous ?

Mon retour fut terrible. Tout au long du chemin, je maudis Adélaïde. Elle n'avait pas perdu de temps, la garce ! Son humiliation s'était vite transformée en rage, elle avait dû nous suivre et comprendre ce que nous complotions. Sale teigne !

Quand j'entrai dans la cour de la maison, il faisait nuit noire. Nous étions juste éclairés par les torches des hommes qui m'encadraient. J'aurais voulu disparaître dans un trou, ne plus exister.

Les archers frappèrent violemment à notre porte en criant d'ouvrir séance tenante, et leur voix me semblait porter toute la colère de Dieu. Contrairement à ce que j'imaginais, ils ne s'étaient pas calmés en découvrant la modeste nature de mon trafic. La déception de n'avoir pas affaire à une contrebande d'or ou de pierres précieuses, qui leur aurait rapporté bien davantage, avait attisé leur colère. Saleté d'Adelaïde !

Tout d'abord, rien ne bougea. Comme d'ordinaire en pareille circonstance, on faisait le mort. Alors un archer cria qu'ils étaient la maréchaussée et que, si on n'ouvrait pas, on s'en mordrait les doigts.

La porte finit par s'entrebâiller, et le visage méfiant de Trémeur s'y encadra. Ses yeux tombèrent sur moi, et il lâcha :

– Qu'est-ce qu'il a encore fait, celui-là ?

Je me crispai.

Mes deux gardes annoncèrent qu'ils m'avaient surpris à livrer du goémon hors de la paroisse, et qu'ils avaient confisqué cheval et charrette. Si on voulait les récupérer, il fallait payer l'amende.

J'étais mort de honte et d'appréhension.

– Qu'est-ce que tu as encore inventé ? s'emporta mon frère en m'arrachant le penn-baz des mains. Qu'est-ce qui t'a pris ? Que vont penser ces messieurs ?

Et il se tourna vers les archers pour se plaindre des enfants d'aujourd'hui, qui se croyaient tout permis et ignoraient les lois. Seulement, avec lui, ça ne se passait pas comme ça. Nous étions une famille honorable, et il se chargeait de m'apprendre la vie.

Là-dessus, il abattit le penn-baz sur mon dos. Puis il m'arracha mon chapeau, me saisit par les cheveux et me projeta dans la pièce.

J'atterris contre la pierre de la cheminée, et je restai là, à moitié assommé.

Peureusement tassée près de l'âtre, ma mère me contemplait avec des yeux effarés, sans oser bouger. Trémeur était en train d'affirmer, d'un ton d'excuse, que je n'avais que neuf ans (il me rajeunissait exprès) et que, à mon âge, on ne savait pas grand-chose des lois, mais que la correction qu'il allait me flanquer me dissuaderait de recommencer.

La conscience me revint peu à peu, me laissant malade, plein de fureur. Un horrible sentiment d'injustice me broyait le cœur.

Trémeur m'avait accusé devant des étrangers, Trémeur m'avait battu devant des étrangers ! Devant des hommes d'armes ! Alors que c'était lui qui m'avait obligé et que, en plus, c'était sa faute si Adélaïde nous avait dénoncés ! C'était plus que je ne pouvais en supporter. J'avais envie de mourir. La tête sur la pierre de l'âtre, je m'appliquai à ne penser à rien, avec l'impression que, si mon esprit n'habitait plus mon corps, celui-ci s'effacerait de la surface de la Terre.

Malheureusement, la révolte qui grondait en moi n'arrivait pas à s'apaiser et m'empêchait de mourir. Surtout que j'entendais les paroles de Trémeur. Il était en train de faire valoir que l'attelage ne nous appartenait pas, qu'il nous avait été prêté pour nous aider à déménager et que son *bon à rien de frère* l'avait emprunté en cachette.

Le comble fut que ses mensonges ne servirent à rien : cheval et charrette restaient confisqués, et on devait payer l'amende pour les récupérer.

Ces derniers mots me clouèrent le cœur. La rage qui m'habitait se mua peu à peu en un atroce sentiment de culpabilité. Trémeur m'avait bien dit qu'à la moindre apparition d'uniforme, il fallait dételer, pour qu'au moins les archers ne puissent pas attraper le cheval. Or je n'avais pas eu la présence d'esprit de le faire. J'étais en faute…

Atterré, je contemplai fixement le feu. Il crépitait mieux que jamais. Et c'est là que je le reconnus. Mon pommier. Couché sur les chenets au milieu des flammes, il rendait sa sève par toutes ses blessures, en chuintant douloureusement. Je voulus l'attraper, mais le milieu du tronc, qui n'était déjà qu'une braise, se brisa en deux. La tête et les racines retombèrent de chaque côté. Les larmes se mirent à rouler sur mes joues.

À cet instant, je ne souhaitais plus que mourir. J'ignorais encore ce que l'avenir me réservait.

CHAPITRE 12

On avait récupéré Neige et sa charrette en payant les dix livres d'amende sans avoir besoin d'en parler à Lorho. Mais pour ça, on avait dû vendre Rouzic, notre vache, que je regardai partir avec le désespoir au cœur. Je n'avais pas parlé d'Adélaïde à Trémeur. Il ne m'en avait pas laissé le temps et, d'ailleurs, ça n'aurait servi à rien. Je n'arrivais même plus à lui en vouloir, à cette fille. J'étais bien placé pour la comprendre. Adélaïde nous avait simplement renvoyé en pleine figure une partie de la douleur dont Trémeur l'avait accablée. Comme l'avait dit l'écrivain, les plus coupables n'étaient pas forcément ceux qu'on croyait. J'avais presque de l'admiration pour elle, qu'elle se soit rebiffée.

Seulement, à cause de ça, j'avais du mal à respirer : sans doute des côtes cassées.

Adélaïde ne pouvait pas deviner que c'était moi qui trinquerais, je ne devais pas lui en vouloir. Au moins pour les coups. Parce que pour l'argent du goémon, ça ne risquait pas : je n'en aurais de toute façon jamais vu la couleur. Là, c'était bel et bien

Trémeur qui était puni, et bien puni. Ma raclée était passée, mais l'annulation de la beuverie monumentale qu'il avait prévue pour fêter notre départ lui restait en travers de la gorge. Il avait perdu la face devant ses amis.

Il n'y eut pas besoin de convoquer les voisins pour nous aider à embarquer nos maigres affaires. Nos bras y suffirent amplement, même si je ne pouvais les bouger que difficilement tant le moindre mouvement m'était douloureux.

Quand tout fut sorti, je contemplai notre maison vide comme si elle m'était devenue étrangère, puis la charrette, les meubles qui y étaient entassés. Dans la pièce, je n'y faisais plus attention mais, là, je les vis tels qu'ils étaient : misérables. Une bouffée de honte m'envahit. Les tabourets, la huche, le chaudron cabossé étaient mis à nu, cruellement exhibés aux yeux de tous, avec leur saleté, leur bois éclaté, leurs blessures qui bâillaient, étalant impudiquement leur souffrance. J'aurais voulu les cacher, me cacher. J'étais même gêné pour Neige qui devait tirer ça.

Le pire, c'était que nos voisins avaient tenu à venir nous saluer, et qu'ils garderaient de notre départ cette image affligeante. Ma mère perçut aussi la misère de notre équipage et elle étala sur la charrette notre meilleure couverture, dont la couleur passée et les reprises ne purent pas rattraper grand-chose. Puis elle empoigna sa brouette pleine de linge encore mouillé.

Devant, Trémeur menait Neige. Mes baluchons de récoltes accrochés partout, souffrant dans ma chair et dans mon âme, je suivis de loin, en traînant les pieds, comme si je n'avais rien à voir avec ce pitoyable équipage. J'avais enfilé les sabots pour n'avoir pas à les porter, mais j'en avais si peu l'habitude que je m'écorchais les chevilles tous les dix pas. Je regrettai de ne pas posséder de souliers avec lesquels, à ce qu'on disait, on pouvait marcher et courir en toute liberté. Si un jour j'étais riche, j'en achèterais.

Évidemment, ce projet était en contradiction complète avec ma volonté de mourir. Je ne savais pas ce que je voulais. Est-ce que je gardais encore l'espoir d'une vie meilleure ? Pour ça, il aurait fallu que mon père revienne…

Je fus soudain frappé par une évidence : à l'Enclos, je serais à pied d'œuvre pour assister au retour du *Soleil d'Orient*. Dieu ne m'avait peut-être pas abandonné. Dieu m'envoyait peut-être là-bas dans un but bien précis ! Je me sentis mieux, tellement mieux…

À notre arrivée au mur de l'Enclos, nous étions précédés par un lourd chariot apportant une commande de toiles de Locronan. « De la toile à voiles », précisa le conducteur aux sergents d'armes. Derrière nous, arrivait un autre chariot, convoyant du charbon de bois. Les gardes nous firent donc signe de passer pour dégager le chemin (sans vérifier notre chargement), et nous désignèrent les maisons des ouvriers, entre la voilerie et la butte du moulin.

On aurait pu les découvrir tout seuls, il n'était pas nécessaire d'être grand clerc pour repérer leurs murs de planches bancales bâillant au soleil et leur toit de genêt. Typiquement le genre d'endroit pour les gens comme nous.

La baraque qui nous fut attribuée était encore pire que les autres. Logique : les premiers habitants avaient choisi les meilleures. À côté, une échoppe consolidée avec de la pierre étalait devant sa porte des légumes frais et des sacs de pois.

– Pas besoin de courir à Larmor ou Ploemeur pour faire ses achats, se réjouit ma mère.

Et je songeai que, si nous gagnions de l'argent, du vrai, sous forme de pièces, nous pourrions nous procurer à manger sans avoir quelque chose à échanger. Une vraie liberté !

– On est privilégiés, décréta Trémeur en passant la tête par la porte de notre palais. Ceux qui n'ont pas de famille sont entassés dans le hangar aux bordages.

Je perçus dans son ton quelque chose d'étonnant : il semblait impressionné. Il y avait même sur son visage comme de la soumission. Cruellement, ça me mit en joie. Quand il se retourna, je suivis son regard : des officiers en bel uniforme discutaient près de la chapelle et des soldats montaient la garde devant « le Parc », un ensemble de magnifiques constructions, éclatantes de blancheur, qui formaient un carré au centre de l'Enclos.

– Là-bas, c'est pas pour nous, plaisanta une femme assise à la porte de la maison voisine.

Elle tenait sur ses genoux un nourrisson à qui elle faisait mimer, avec ses bras, le mouvement des rameurs.

– C'est pour le directeur et les chefs, finit-elle. Mais ici, quand on arrive à s'arranger, on n'est pas mal, vous verrez.

J'ignorais ce qu'elle entendait par « s'arranger ». Je regardai les beaux bâtiments blancs, les beaux messieurs, et perçus soudain notre terrible misère. Au village, personne n'était assez riche pour nous la faire toucher du doigt à ce point. C'était certainement ce qui avait frappé Trémeur.

Je restai un moment à contempler les uniformes rutilants, les chapeaux couverts de plumes, les bas de soie. Je me trouvais au cœur de l'univers de mon père. Il avait fréquenté ces gens, il avait porté des vêtements élégants, il avait fait partie de leur monde.

– Où que vous travaillez ? interrogea de nouveau la femme.

– Calfatage, lâcha Trémeur d'un air important.

–Moi à la corderie, ajoutai-je en essayant d'imiter son ton.

–C'est là-bas, indiqua-t-elle.

Elle désignait du menton le mur de clôture et le bâtiment incroyablement long qui s'y appuyait. On n'en voyait même pas le bout.

On balaya la paille moisie du sol de terre battue, on suspendit le chaudron à la crémaillère et, en quelques minutes, tout fut en place, on avait réinstallé notre foyer. On aurait dit notre ancienne maison. Sauf qu'il y avait des courants d'air partout, et que Rouzic ne serait plus là pour réchauffer la pièce. Heureusement, on allait vers l'été.

CHAPITRE 13

J'avais beau regretter l'école, quand la cloche sonna pour appeler au travail, c'est avec une certaine fierté que je pénétrai dans le long bâtiment. J'étais reconnu apte à gagner ma vie.

Sur le conseil de ma mère, j'avais attaché mes cheveux sur la nuque avec le vieux ruban que mon grand-père avait autrefois gagné dans un concours de lutte. Il ne fallait pas risquer de se prendre les cheveux dans les cordes.

L'odeur de goudron me sauta au nez. Les poulies, les crochets, les immenses rouets, les grosses bobines de chanvre accrochées les unes au-dessous des autres ou alignées en demi-cercles, des tas d'instruments et de tréteaux dont j'ignorais absolument l'usage… Je me sentis un peu perdu.

–Commandez-moi des bougies au Mans ! ordonna un homme au moment où j'entrais.

Des bougies ? Pour les ouvriers ? Je restai un moment à la porte, avec l'impression étrange que j'étais tombé dans un autre monde. Mon cœur se mit à battre de plus en plus fort.

L'homme me remarqua alors et, tout en nouant sur son ventre un grand tablier maculé de goudron, me demanda :

– Tu es le nouveau ?

Et, sans attendre de réponse, il cria vers un autre :

– Collen ! Le nouveau, on pourrait le mettre à la mèche d'une aussière.

Ce langage incompréhensible acheva de me démonter. Je me sentais comme un crabe dans un moule à beurre.

À cet instant, un autre homme pénétra derrière moi. Bien qu'il soit encore jeune, il avait les traits burinés des vieux marins. Jetant à l'immensité du local un coup d'œil aussi stupéfait que le mien, il souffla :

– Sacré bâtiment ! Long comme un jour de jeûne.

– Mille pieds[1], lâcha le dénommé Collen. Ni plus ni moins qu'il ne faut.

Collen était certainement un ancien matelot, car il portait le traditionnel bonnet de laine pointu, enfoncé jusqu'aux oreilles, dans lequel on pouvait ramasser entièrement ses cheveux. Le nouveau venu émit un petit sifflement d'admiration.

– On fait des cordages de mille pieds ?

– Bien sûr que non, répliqua Collen, ce sont les fils, qui font mille pieds. Quand tu les tords ensemble, ils rétrécissent. Tu viens pour du travail ?

1. 1 pied = 33 centimètres.

– Tout juste. Timoléon, pour vous servir. (Il s'inclina à la manière d'un gentilhomme.)

Curieusement, il n'annonça pas son nom de famille. Je le regardai avec admiration. J'aurais aimé avoir son aisance, sa décontraction… Il me posa la main sur l'épaule et me demanda :

– Tu commences aussi, moussaillon ?

Ainsi que l'avait fait l'écrivain de bord, il s'adressait à moi comme à une personne.

– Mon nom est Lucas Matelyer, répondis-je en me tenant très droit pour me grandir.

– C'est bon, intervint Collen, on ne va pas rester là à bavarder comme des commères au moulin. Toi, Matelyer, viens par là…

J'étais ébahi qu'il m'appelle par mon nom. Au village, on disait « Lucas » pour me différencier de mon frère, car je n'étais pas l'aîné. Ça me fit tout drôle.

– Amène ce touret de mèche.

La bobine en bois qu'il me désignait, et où s'enroulait une grosse mèche de chanvre qui puait le goudron, était si volumineuse que ça m'effraya.

– Je ne te demande pas de le soulever, reprit-il en se moquant de moi. Fais-le seulement rouler jusqu'ici, entre les bobines de torons.

Soulagé, je ne cherchai même pas à comprendre ses mots. Suivant les seules indications de ses gestes, je poussai péniblement la bobine jusqu'à l'endroit indiqué. Les « torons » étaient apparemment des cordes, qu'on avait en partie déroulées et tendues jusqu'à un petit cône de bois fixé horizontalement sur des tréteaux.

Deux hommes soulevèrent aussitôt ma bobine pour la ficher sur une tige, et vérifièrent qu'elle tournait facilement. Puis Collen tira sur la mèche et en introduisit le bout au centre du cône où se rejoignaient les quatre torons.

– Voilà, conclut-il. Maintiens la mèche bien droite, face au toupin.

Il avait parlé assez nettement pour me faire comprendre qu'il ne se répéterait pas. Je notai dans ma tête que le cône était un toupin et saisis la mèche. Un homme se posta près de chaque toron pour le guider, et Collen se mit à tourner une manivelle. Comme par magie, les quatre torons s'enroulèrent autour de ma mèche.

Un toron était en réalité une corde qui servait à fabriquer d'autres cordes !

Le goudron commença bientôt à me noircir les mains, et je compris l'utilité du tablier. Hélas, je n'en avais pas. De mes mains, le jus noirâtre gagna peu à peu mes poignets, puis mes manches.

Au début, j'étais trop attentif à maintenir ma mèche parfaitement droite pour écouter les conversations. Nous étions en train de commettre une aussière, ce qui signifiait tout bêtement fabriquer un gros cordage. On pouvait tourner de nouveau trois aussières autour d'une mèche, et on obtenait un grelin. Je ne saurais exprimer le plaisir que je pris à ces petites révélations. Ce monde, qui m'avait paru si étrange et hors de portée, devenait très simple. Je n'étais pas plus bête qu'un autre : dès qu'on me mettait des images sur les mots, je comprenais tout.

À partir de ce moment, j'arrivai un peu à me détendre. Je découvris alors avec intérêt que la plupart des hommes qui travaillaient ici étaient d'anciens marins. Malheureusement, ils m'impressionnaient trop pour que j'ose leur poser des questions. Des questions à propos de mon père, évidemment, les seules qui m'importaient. Je n'avais guère, jusqu'ici, fréquenté d'adultes et, d'ailleurs, ils bavardaient entre eux sans faire attention à moi.

– Celui-là, disait Collen, c'était un bateau pourri, on passait sa vie à pomper pour ne pas couler. Sans compter que le pilote, il avait dû avoir son brevet en refilant des bouteilles de vin d'Espagne à l'examinateur. Dès le départ, il nous a échoués sur une île.

Collen était un vrai bavard. Il parlait tout le temps. Il poursuivit :

– Ce failli pilote nous avait abîmé le bateau sur les esquifs et, en plus, on était à Bréhat, nullement à Belle-Île comme il le croyait ! Quand le capitaine a réussi à nous remettre sur la bonne route, l'eau avait envahi les cales. On pompait, on pompait. Tout l'équipage à écoper, et on n'y suffisait pas.

Sale voyage !... Et puis, après ça, calme plat à l'équateur. Le vrai pot-au-noir : pas un souffle de vent, on ne bougeait pas plus que si on était à l'ancre. Un mois à écoper en attendant le vent, avec pas une heure d'affilée pour dormir et plus rien à manger.

– Quoi ? s'étonna un homme qui guidait un toron. Restait déjà plus de biscuits ? Drôle d'approvisionnement !

– Il en restait... Fondus dans l'eau de mer. Même à l'écumoire, plus moyen d'en récupérer une miette.

– Alors, ça a dû être la fête aux rats, ricana un cordier.

– Tu parles. Chasse impitoyable. Tous les rats du bateau y sont passés. Après ça, je me suis fait bouillir le cuir qui recouvrait mon coffre. Ouaip ! Eh bien, ça n'a aucun goût. Le quartier-maître a suggéré qu'on les fasse plutôt rôtir et, là, c'était bien meilleur. Tous les coffres ont été déshabillés. On a tenu comme ça encore deux ou trois jours. Les soldats, eux, ils avaient un autre régime...

Persuadé que l'uniforme sauvait l'homme, je crus que les soldats, pendant ce temps-là, s'empiffraient. Mais Collen ajouta :

– Rapport à leur tenue. Ils bouffaient leur collet de cuir et leurs souliers. Et le pire, c'est que les mousses avaient grignoté discrètement les parois en corne des lanternes et toutes les chandelles. Plus rien pour s'éclairer !

– Ils devaient péter le feu, plaisanta quelqu'un.

On éclata de rire.

– Ouaip, dit Collen, on peut en rigoler après. Sur le moment, c'était moins plaisant, croyez-moi. Diable, non, je ne regrette pas cette vie-là !

Timoléon, qui passait près de nous, protesta :

– Qu'est-ce que tu racontes ? C'est une très belle vie, au contraire, pleine d'aventures et d'imprévu. La mer, c'est magique...

Il n'en dit pas plus. Impossible, puisqu'il était affecté à la préparation des torons. Cela signifiait qu'il devait tirer, tout du long de l'atelier, une poulie où passait un fil de chanvre. Les mille pieds, il avait tout loisir de les compter. Arrivé à l'autre bout (où nous ne l'apercevions même plus), il attachait son fil à un crochet et repartait avec un autre fil. Il ne profitait donc de notre conversation qu'à ses brefs passages. En revanche, il pouvait suivre aussi celle des autres groupes répartis dans la corderie.

– Ouaip, lâcha Collen d'un ton ironique. Sur mer, finalement, on ne meurt guère que de froid, de faim ou de maladie. Sans parler du fouet et de la cale sèche.

La cale sèche, je savais ce que c'était : on attachait le puni au bateau par les poignets et on le faisait tomber dans la mer. Certains en réchappaient mais, la plupart du temps, ça brisait la colonne vertébrale.

Un homme, qui épissait[1] un cordage, commenta :

– Le pire, c'est quand même la noyade. Si la mer ne rend pas ton corps, ton âme erre sans repos pour l'éternité.

– Sauf si la reine des sirènes te recueille sur son coquillage de nacre, rectifia le cordier qui fabriquait un toron.

Et il se mit à tourner le rouet où étaient fixés, de ce côté-ci de l'atelier, les fils tirés par Timoléon.

– Alors, reprit-il en baissant la voix, les vents se taisent et, deux jours après, la mer rend le corps…

Il y eut un silence, puis Collen soupira :

– Nous, on avait deux matelots qui étaient allés chercher de l'eau sur une île. Et ils se sont fait dévorer par des cannibales. Ouaip… Comme je vous le dis. Et où elle est, leur âme, à votre avis ?

– Ça, c'est un problème pour les évêques, ou même les cardinaux. Ça nous dépasse, affirma un vieux trempeur de chanvre, couvert de goudron de la tête aux pieds.

– Moi, lança Timoléon en revenant vers nous, du temps que j'étais pêcheur, j'ai pris une sirène dans mon filet. Elle pleurait, alors je l'ai remise à l'eau. Et savez-vous ce qu'elle m'a dit ? « Pars pour les Indes, tu y feras fortune. »

Je le regardai avec des yeux ronds. J'avais moi-même souvent rêvé de rencontrer une sirène sur la

1. Entrelacer les torons pour arrêter un cordage.

grève. Surtout quand j'en avais marre de la vie. Je ne sais si Collen en avait déjà vu, mais il lança à Timoléon un regard étrange. Enfin, il laissa tomber d'un ton plein d'ironie :

– Tiens ! Et tu n'as pas suivi son conseil ?

Timoléon noua un fil à un autre rouet et répondit :

– Je revenais juste du Brésil. Ma pauvre mère n'a que moi, je ne peux pas la laisser, vieille et seule. Sinon, tu penses !

Tout le monde rit. Le cordier grommela :

– Naviguer sur les océans, merci bien ! Quand on voit tous ceux qui y meurent...

– Eh ! s'exclama Timoléon en s'éloignant avec sa poulie. Ne te couche pas dans un lit, alors, on y meurt beaucoup plus.

On se remit à rire, et un autre enchaîna :

– Remarquez bien, tous les métiers peuvent vous tuer. Il y a deux ans, quand j'étais porteur d'eau à Paris, il y avait un dénommé Lully, qui composait des musiques...

– Un de ces fainéants qui se font payer pour inventer des chansons ! s'exclama le cordier. Tiens, moi, je vous en invente une sur-le-champ, et ça...

– Tout à l'heure, coupa Collen, laisse-le raconter.

– On ne croirait pas, reprit le conteur, que compositeur serait un métier dangereux. Eh bien, le gars, il en est mort. Il s'est donné un coup sur le pied avec le long bâton pointu qui lui servait à battre la mesure. La gangrène[1] s'est mise dans la blessure et adieu !

Timoléon – qui suivait évidemment un autre cheminement de pensée – déclara en passant dans l'autre sens :

–Même sans parler de faire fortune, rien que de t'embarquer pour la Compagnie, ça te rapporte bien. La solde nous monte maintenant dans les trente livres par mois, avec cent livres payables d'avance. Deux fois plus que dans la marine du roi. Et sans compter la pacotille !

Hein ? Cent livres d'avance ! Je ne pus m'empêcher de demander :

–Qu'est-ce que c'est, la pacotille ?

–T'occupe pas de ça, répliqua sèchement Collen.

Timoléon répondit malgré tout :

–Des marchandises que les matelots peuvent acheter aux Indes et revendre à leur propre profit au retour.

–T'occupe pas de ça ! insista Collen.

Et il jeta à Timoléon un regard mauvais que je ne compris pas.

1. Pourrissement de la chair, souvent mortel.

CHAPITRE 14

Jamais midi ne mit aussi longtemps à arriver. J'avais les mains rouges et gonflées, et j'étais déjà dégoûté du métier de cordier. Moi qui avais toujours vécu au rythme des marées, changeant de travail à chaque heure – jardinier, goémonier, pêcheur de berniques, chasseur de crabes, vacher –, j'étouffais dans ces heures toutes pareilles. Ça me donna le courage de me rapprocher de Timoléon au moment de la sortie pour demander :

– C'est vrai qu'on touche cent livres d'avance quand on s'embarque ?

– Exactement, moussaillon. Et tu n'en as même pas besoin à bord puisque tu es logé et nourri, alors tu les laisses à ta famille. Aux escales, on te donne le complément de ta solde, et c'est largement suffisant pour tes dépenses.

Cent livres pour ma mère ! Elle pourrait s'acheter des vêtements chauds pour l'hiver et une réserve de grain. Ça la consolerait peut-être de me savoir en mer.

Parce que c'était décidé. Malgré ce que disaient ceux de la corderie, malgré les tempêtes et les souffrances, et même la marmite du diable qui bouillait quelque part dans l'océan et où l'on risquait de tomber à tout moment, je voulais goûter au grand large.

–En vrai Breton, remarqua Timoléon d'un ton jovial, tu as de l'eau de mer autour du cœur.

Il s'interrompit brusquement. Collen arrivait derrière nous.

–Dépêche-toi d'aller manger, me lança le maître d'un air un peu mécontent, il n'y a pas de temps à perdre.

N'osant répondre, je m'éloignai. Je vis que Collen interpellait Timoléon avec une certaine hargne, mais si bas que je ne pus entendre ce qu'il lui disait.

Contrairement à ce qu'imaginait Trémeur, ma mère n'avait pas trouvé de clientèle. Les blanchisseuses en place suffisaient déjà à la besogne car, en dehors du directeur de la Compagnie, peu de personnages importants s'étaient installés ici. Ils préféraient résider au Port-Louis, où tout était plus cossu et civilisé.

Malgré tout, Trémeur ne semblait pas de mauvaise humeur. Et même, en me voyant arriver, il me lança :

–Alors, il te plaît, ce travail ?

Mon frère me parlait ! Parce que j'étais devenu grand et que je gagnais de l'argent ? Ou bien parce qu'il était maintenant rassuré sur notre avenir ? Je me dis qu'il n'avait peut-être pas la méchanceté ancrée en lui ; jusque-là, il avait simplement été préoccupé par notre survie.

– Moi, reprit-il, je suis au calfatage du *Saint-Guillaume*, un vaisseau de la Compagnie que le roi veut nous acheter. (Il disait « nous », comme s'il était la Compagnie en personne.) On va lui refaire sa protection contre les tarets, des saloperies de bêtes des mers chaudes, qui se collent à la coque et transpercent le bois.

Tout cela était si soudain et imprévu que j'hésitai à y croire.

– Comment est-ce qu'on protège le bateau ? demandai-je en essayant de prendre une voix mâle.

– On lui met une couche de toile cirée, répondit Trémeur avec sérieux. Par-dessus, on pose des planches qu'on calfeutre de poils de bœuf, et on les fixe avec tellement de clous que ça lui fait une espèce d'armure. Après quoi, on badigeonne d'un enduit de soufre et d'huile.

Comme il prononçait avec fierté ces mots de sa science nouvelle, je pris la parole à mon tour pour aligner les « aussière », « rouet », « toron », « toupin », « ourdissage ». Trémeur m'écoutait, ma mère était aux anges. J'avais la curieuse sensation d'être devenu un homme.

Je ne dis bien sûr rien de Timoléon ni de mes projets. De toute façon, la prochaine flotte des Indes ne partirait pas avant plusieurs mois.

À mon retour à l'atelier, je m'aperçus que Timoléon n'était pas là. Je pris un air détaché pour m'informer :

– Il ne reprend pas le travail, le nouveau ?

– Non, dit simplement Collen, il a trouvé mieux ailleurs.

J'étais sûr qu'il mentait.

Au milieu de l'après-midi, l'intérieur de mes mains commença à saigner et on me prêta des paumelles en cuir pour les protéger de la morsure du chanvre. Les autres rigolaient. Sûr qu'ils ne m'en avaient pas proposé avant, histoire de m'endurcir. Leurs mains à eux étaient caparaçonnées de corne.

La journée me sembla longue, interminable. Je regrettais mon courtil, le soleil, le vent qui gonflait ma chemise, les berniques qui devaient se demander avec soulagement où j'étais passé…

Heureusement, il y avait quelques distractions. Un ancien charpentier raconta qu'à Madagascar il avait mangé du pot-au-feu de perroquet, de caméléon et de singe. Un autre y avait rôti un crocodile à la broche.

Cela me rendit de l'espoir pour mon père, et je m'informai :

– On peut survivre facilement, dans les îles ?

– Oui. À condition d'avoir de bons mousquets pour tuer le gibier et éviter de le devenir soi-même. Gibier, je veux dire. Parce que certains indigènes nous aiment bien... Au court-bouillon. Quand tu n'as plus de poudre, ta peau ne vaut plus grand-chose. Tu as intérêt à réparer ton bateau en vitesse et à mettre les voiles.

– Et s'il n'y a pas d'indigènes ? demandai-je en croisant les doigts pour mon père.

– Alors, ça pourrait être la vie rêvée. Le climat est doux, on n'a pas vraiment besoin de vêtements ni de maison. Un pagne et un toit de palme, et c'est bon. Tu chasses, tu pêches, tu cueilles des fruits. Sauf que – entre nous – on s'ennuie vite et on finit par se bouffer le nez.

Je n'osai demander si sept années paraissaient un temps humainement supportable. Quelqu'un signala que la gorge d'une poulie était fendue, et Collen me demanda d'aller la faire réparer.

J'étais content de sortir un peu. D'autant qu'il faisait un temps superbe.

En traversant l'Enclos, je cherchai des yeux Timoléon. Où travaillait-il ? Se trouvait-il réellement quelque part ici ? Sa disparition soudaine, après l'attitude qu'avait eue Collen, me paraissait extrêmement louche.

Je me dirigeais vers « le parc », où les pouliers avaient leur atelier, quand j'aperçus un groupe étonnant qui sortait d'un entrepôt. Des hommes et des femmes. Tissus chatoyants, rubans et dentelles comme on en voyait parfois chez les riches du Port-Louis, grandes perruques bouclées, blondes ou blanches, à deux pointes dressées sur la tête. Sûrement des nobles.

– Tant de merveilles ! s'exclama une des femmes. Ces porcelaines, ces étoffes... Si je m'écoutais, j'achèterais tout. Hélas, nous remontons ce soir jusqu'à Hennebont par le coche d'eau*, et nous n'avons guère de place pour les bagages. Il me semble que vous-même, monsieur Céberet, arrivez de ces Indes merveilleuses...

« Céberet » ? Le directeur de la Compagnie ? J'observai l'homme avec curiosité. Il me parut le plus beau et le plus élégant de tous. Pas à cause des fanfreluches – il en portait très peu – mais de son allure. C'était exactement ainsi que j'imaginais mon père. Grand, distingué...

Je ne pus résister à l'envie de m'approcher. Bien que ces gens ne s'expriment pas en breton, je comprenais : en raison du métier de mon père, on connaissait le français et on avait gardé, à la maison, l'habitude de le parler.

– J'étais au Siam, chère madame de Sévigné*, précisa M. Céberet.

J'en eus un coup au cœur. Au Siam ! Comme le *Soleil d'Orient* !

Je restai planté là, sans oser un geste. Enfin, j'ôtai vivement mon chapeau pour adresser la parole au directeur. Seulement je n'étais qu'un simple cordier, et les mots me restèrent dans la gorge.

– Attention, dit Céberet en me faisant signe de m'écarter.

Il n'y avait aucune agressivité dans son ton, ce qui ne m'empêcha pas de rougir jusqu'à la racine des cheveux. Je reculai vivement… et me pris les pieds dans les voilures entassées là. Par bonheur, personne ne me vit m'affaler, tous étaient suspendus aux lèvres du directeur qui poursuivait :

– On me présente alors mon éléphant. Il portait un harnais de drap écarlate de quatre doigts de large, garni de clous d'argent et, sur le dos, une chaise dorée couverte d'un dôme soutenu par quatre colonnes. Le tout fort bien doré, orné de tapis, de coussins de brocart d'or…

Je leur emboîtai discrètement le pas. Je me demandais ce qu'était un éléphant, et je supposai que c'était un serviteur de ce pays, l'équivalent de nos porteurs de chaises.

Comme je ne pouvais pas me permettre de suivre de trop près, je n'entendais pas bien. Aussi, quand le groupe s'arrêta devant une chaloupe qui débarquait des troncs, j'en profitai pour me rapprocher. M. Céberet expliqua qu'il s'agissait de chêne destiné à la coque des bateaux, et que les ponts, eux, étaient en sapin. Quelqu'un posa une question sur les deux ossatures de navires dressées sur la berge, et il répondit qu'ils n'étaient pas destinés à la

Compagnie. Que c'étaient des vaisseaux de guerre que le roi leur avait demandé de construire.

– Ce chantier appartient-il à Sa Majesté ? s'étonna un homme.

– Nullement. Il est propriété de la Compagnie des Indes et normalement réservé à ses bateaux. Nonobstant, quand notre « Soleil » demande, qui peut résister ?

« Soleil » ! Pour la première fois, je réalisai la parenté entre l'emblème du roi Louis et le *Soleil d'Orient*.

En Bretagne, on n'aimait pas beaucoup les rois de France, qui avaient traîtreusement confisqué les terres de notre bonne duchesse Anne*. Mais Louis XIV était un roi puissant, et cela me parut de bon augure pour *mon* bateau.

– Tu veux quelque chose, mon garçon ?

M. Céberet s'adressait à moi. Confus, je bredouillai :

– Non, non, excusez-moi…

Et je rebroussai vite chemin vers le hangar des poulieurs.

Quel imbécile, quel idiot, quel crétin ! « Non, non, excusez-moi… », alors qu'il me parlait ! Pourquoi n'avais-je pas demandé s'il savait quelque chose sur le *Soleil d'Orient* ? Il revenait du Siam !

J'étais si furieux contre moi-même que je butai, à l'angle du bâtiment, contre un grand mât porté par des matelots, et qui me barrait la route. Je me fis une sale bosse, et les matelots rigolèrent.

Un peu sonné – et vexé –, je gagnai la grève près du moulin pour baigner mon front et empêcher ma tête de virer en citrouille. Je restai un moment accroupi là, à contempler les petites vagues qui léchaient les cailloux. Les effets de la marée se faisaient ressentir jusqu'ici. Entre le moulin et moi se dressait, solitaire, un petit bâtiment en pierre soigneusement entouré d'un muret et gardé par deux soldats armés de mousquets. Sur le muret était assis un homme qui regardait la mer.

Il m'intrigua aussitôt. Il fixait l'horizon exactement comme je le faisais si souvent. Je m'approchai. Il était vieux, bien habillé, avec un joli gilet rouge brodé boutonné du haut en bas. Sa culotte de solide drap brun s'arrêtait aux genoux sur des bas de soie assortis, et il arborait des chaussures à hauts talons, à la manière du roi Louis-le-soi-disant-Grand.

À cause de la chaleur, il avait ôté son large chapeau à plume et je remarquai que, malgré son élégance, il ne portait pas de perruque. Ses cheveux blancs retombaient sur ses épaules.

Il sortit de son gilet une paire de besicles et me regarda à travers les verres.

–Tu es nouveau…

–Je travaille à la corderie.

–Ah. Et as-tu de bons yeux ?

–Je crois.

– Que discernes-tu sur la mer ?

Je compris que ses besicles étaient insuffisantes pour voir de loin et je regardai vers l'embouchure de la rivière. D'ici, on la distinguait très bien par-delà l'île Saint-Michel qui en marquait le centre. Ce n'était pas un hasard si le moulin servait d'amer[1] pour entrer dans la rade.

– Il y a des bateaux de pêche et des mouettes, annonçai-je.

– L'horizon est-il clair ?

– Assez.

– Alors, tu apercevrais un vaisseau entrant dans la rivière.

– Naturellement. Vous en attendez un ?

– J'attends le *Coche*. Il doit m'apporter mes drogues.

Comme je le contemplai avec surprise, il ajouta :

– Je suis l'apothicaire de la Compagnie. Tu ne le savais pas ? Tout le monde me connaît, ici. J'attends du camphre, de la noix de muscade, des clous de girofle... Je n'ai plus ni café ni rhubarbe, et on me harcèle chaque jour.

Jamais je n'avais eu affaire à un apothicaire. Même à Ploemeur, qui était un gros bourg de douze cabarets et six boulangeries, il n'y en avait pas. Pas plus que de médecin ni de chirurgien.

1. Point de repère à terre, pour les navigateurs.

–J'ai commandé aussi un service en porcelaine de Chine pour boire le thé, m'informa l'apothicaire.

Je n'avais aucune idée de ce qu'était la porcelaine de Chine, pas plus que le thé.

–Moi aussi, dis-je, j'attends un bateau. Le *Soleil d'Orient*. Mon père est dessus.

–Ah ! Le *Soleil d'Orient*...

L'apothicaire me considéra avec une commisération qui me fit mal. Je demandai rapidement :

–Vous savez quelque chose à son sujet ?

–Rien de plus que n'importe qui. Je crois que le boulanger a navigué dessus, autrefois.

CHAPITRE 15

La matinée du lendemain me parut encore plus insupportable. On m'avait mis à la fabrication des torons à la place de Timoléon qui semblait avoir totalement disparu, et c'est moi qui tirais la poulie tout au long de l'atelier. Avec pour inconvénient que je ne pouvais guère profiter des bavardages, mais pour avantage de reposer mes mains.

Pour prendre mon mal en patience, je songeai aux six sous* que j'avais gagnés la veille. Je les avais rapportés à ma mère et, bien que ce soit deux fois moins que la solde de Trémeur, nous en avions dansé de bonheur.

Si je trouvais le temps long, c'est que j'avais hâte d'aller parler au boulanger. Bien sûr, sa présence ici prouvait qu'il n'était pas à bord du *Soleil d'Orient* pour son dernier voyage, mais toute information me paraissait précieuse.

Dès que la cloche annonça midi, je courus vers le four situé au bout des bâtiments du Parc, face au moulin. Un âne chargé de sacs de farine attendait à la porte. Je lui grattai amicalement le front.

– Qu'est-ce que tu fais là ? aboya le boulanger en sortant comme un diable de son fournil.

Il était très costaud, pourtant son visage rose et rond lui donnait un air poupin. Il me prenait certainement pour un voleur et je précisai rapidement :

– Je suis venu vous parler d'un bateau. Il paraît que vous avez navigué.

Le boulanger tapota distraitement l'encolure de l'âne et soupira :

– Ça, il y a longtemps. C'était au temps où on fabriquait les biscuits à bord, et non à terre comme maintenant. (Il me désigna les sacs qui s'entassaient dans la réserve.) Mes biscuits tiennent deux ans... Mais je ne les garantis pas sans asticots. Bon biscuit attire tout le monde.

Il s'esclaffa, et son gros ventre se trémoussa. Je ne pus m'empêcher de rire aussi.

– Et sur le *Soleil d'Orient*, demandai-je, vous étiez boulanger ?

Il reprit son sérieux et se signa rapidement. Je fis comme si je n'avais rien remarqué.

– Je n'aime pas parler de ça, dit-il finalement. Il a toujours eu le guignon, ce bateau...

– Ah bon ?

– Un vaisseau magnifique, c'est sûr, mais à croire qu'il avait été fabriqué par le diable en personne. Peut-être parce que c'était le premier grand vaisseau à sortir du chantier de L'Orient et qu'il en fallait un qui prenne les sorts pour que les autres aillent en paix. *Le Soleil d'Orient, de la Compagnie des Indes*... ça sonne bien, hein ? Ça fait rêver... C'est même lui qui a donné son nom à cet endroit, « L'Orient ». (Il baissa la voix.) Espérons que cela ne portera pas malheur au port.

Ça me fit froid dans le dos.

– Moi, poursuivit-il, tu peux me croire, j'étais fier de m'y embarquer. Seulement, tout de suite ça s'est mal passé. À peine parti, il démâte dans la tempête au large de La Rochelle. Obligés de rentrer au port. On avait raté la bonne saison pour le départ, on a dû attendre la suivante. Ça commençait mal.

– Et après ? soufflai-je.

– L'année suivante, on repart. Tout va bien. Quelques morts parmi l'équipage ; normal, quoi. On arrive aux Indes au mois d'août, on décharge les marchandises et on refait le plein. Une cargaison fantastique, des caisses de poivre et d'épices, du bois de santal et tout et tout. Moi, j'avais embarqué comme pacotille deux grandes pièces d'indiennes ; tu sais, ces tissus pleins de dessins, avec des couleurs qui tiennent si bien au lavage... Enfin, on croit à notre chance et on met à la voile.

– Et alors ?

– Alors, le guignon, de nouveau. On n'a pas atteint Madagascar que ça se gâte. Plus un souffle de vent. On est immobilisés des jours, des semaines. Le temps passe, les provisions s'épuisent, le scorbut commence à frapper. Bon, il fallait se résoudre : le capitaine décide de relâcher à l'île Mozambique où les Portugais avaient un hôpital. Et là, mon gars... Pire que tout. Un vrai mouroir. Au lieu de guérir du scorbut, on s'attrape des saloperies, la fièvre des marais[1], le mal de Siam[2] et j'en passe. Tout le monde malade. Impossible de reprendre la mer. La Compagnie a dû nous envoyer un vaisseau avec un équipage de secours.

– C'est vrai ?

– Le *Blancpignon*. Tu penses si je m'en souviens ! On a été sacrément soulagés quand on l'a vu arriver. Parce qu'on n'avait plus que sept hommes valides sur les trois cents qu'on était. Mauvais sort...

Mon cœur se serra.

– À son dernier voyage, murmurai-je, le *Soleil d'Orient* avait aussi trois cents hommes à bord.

Je ne m'attendais pas à ce qu'il me réponde, vu qu'il n'en savait sans doute rien. Pourtant il dit :

– À l'aller seulement. Au retour, il y avait en plus les vingt mandarins de l'ambassade du Siam et la montagne de présents qu'ils apportaient pour le roi. C'était encombré de partout. Des meubles d'une richesse incroyable, des coffrets constellés de pierreries, des trésors venant des pagodes, des lettres

1. Paludisme.
2. Fièvre jaune.

d'amitié écrites sur feuille d'or. Et puis les étoffes de coton, la soie, l'or, l'argent, les pierres précieuses, les épices… Pour huit cent mille livres de marchandises !

Je n'imaginais absolument pas ce que pouvait représenter une somme pareille.

– Sans compter les éléphants ! ajouta-t-il, le doigt en l'air.

J'avais déjà entendu ce mot dans la bouche du directeur et j'avais soudain un doute sur son sens. De simples porteurs méritaient-ils d'être comptabilisés à part ? Je demandai du bout des lèvres :

– Des éléphants ?

– Des animaux énormes, gros comme des moulins à vent, avec deux queues, une devant et une derrière. Et ils n'obéissent qu'à leur cavalier. Leur cornac, qu'ils disent. Donc on avait aussi embarqué les cornacs. Et la nourriture. Tu vois d'ici l'encombrement. C'est que ça mange, ces bestiaux !

L'agacement commençait à me gagner et je soupçonnais sérieusement le boulanger d'affabulation.

– Et comment savez-vous tout ça ? demandai-je ironiquement.

– Pardi, je te l'ai dit, j'étais de l'équipage !

Ça, c'était la meilleure.

– Bien sûr… ricanai-je.

Et je profitai de ce que la cloche m'appelait au travail pour m'éloigner.

Pas plus menteur que les marins. À les entendre, ils avaient toujours vu des êtres fabuleux, des vaisseaux fantômes, des sirènes qui voulaient les épouser, des hommes-tritons qui suivaient le bateau, des trésors inouïs que – pour une raison ou une autre – ils n'arrivaient jamais à rapporter.

Quel farceur, ce boulanger ! Par malchance, il ignorait que j'étais bien placé pour savoir qu'aucun des membres de l'équipage du *Soleil d'Orient* n'était rentré de ce voyage.

Au moment où je pénétrais dans l'atelier, je repensai soudain à son histoire d'ambassade du roi du Siam. L'écrivain l'avait également évoquée…

CHAPITRE 16

J'étais bien décidé à ne plus rien demander sur le *Soleil d'Orient*. Personne ne sachant quoi que ce soit, on ne me raconterait que des fadaises. Je me contenterais pour l'instant de le garder dans mon cœur, bien au chaud, en attendant qu'il me fasse un signe. De toute façon, ma vie allait mieux maintenant. Depuis qu'il avait un vrai travail et une vraie solde, Trémeur était beaucoup moins violent.

Il faut préciser que, dans l'Enclos, il n'y avait pas de cabaret, aucun endroit pour se soûler. Or seul le vin était responsable des emportements de mon frère. Il buvait bien un peu, le soir, dans le hangar aux bordages, avec ses nouveaux compagnons mais, le travail reprenant de bonne heure le lendemain matin, personne ne s'attardait. Autre avantage : l'argent filait moins vite, et nous mangions à notre faim.

Le samedi soir, la rivière changea ; la mer en avait pris possession. Elle devint grise et s'agita comme une marmite qui bouillonne, crachant une petite écume blanche à l'air inoffensif, la pire. Nous attendions tous en silence, les yeux fixés sur l'horizon qui noircissait à vue d'œil.

Le dernier rayon du soleil rasait l'eau pour pointer ses feux sur la citadelle du Port-Louis, et il la découpait si nettement sur le ciel d'un noir d'ardoise qu'on l'aurait crue à portée de main. Une sorte de couvercle noir étouffait l'océan, pesant peu à peu sur le trait lumineux. Immobiles, nous contemplions ce spectacle stupéfiant en murmurant des prières. Des prières pour ceux qui étaient en mer. Car, ici, la beauté était cruelle et toujours l'œuvre du diable.

Le fort disparut subitement et, l'instant d'après, une rafale balaya l'Enclos. D'un coup, la pluie s'abattit sur nous.

Il y eut des cris. Ce fut un éparpillement général.

Le déluge s'arrêta juste avant d'avoir rempli le seau que nous avions posé sous la fuite d'eau du toit, toutefois le vent ne se lassa pas. La tempête enfla même terriblement dans la nuit, s'immisçant partout, jusque dans notre lit dont nous devions retenir la couverture.

– Saleté de baraque, grogna enfin Trémeur en se levant. Impossible de dormir !

Il enfila les souliers qu'il s'était achetés à crédit chez le cordonnier de l'Enclos et, luttant contre les coups de boutoir de la tempête, il sortit.

– Où vas-tu ? demanda ma mère.

Il ne l'entendit pas, ou ne voulut pas répondre, je ne sais. En tout cas, cela m'inquiéta. Je m'inquiétais toujours quand Trémeur faisait quelque chose d'inhabituel.

Pourtant, cette fois, il ne se passa rien de grave. Il revint peu après, muni d'une lanterne, et se mit à frapper sur les murs de la baraque. Il y clouait des planches pour boucher les trous !

– Où est-ce que tu les as trouvées ? chuchotai-je.

– Qu'est-ce que tu crois, morpion ? répliqua Trémeur d'une voix rigolarde. Ton frère, c'est un maître !

Je lui souris. Je me sentais terriblement bien, protégé de tout.

– Où est-ce que tu les as eues ? répéta ma mère.

– Elles s'ennuyaient toutes seules au chantier. (Trémeur donna un nouveau coup de marteau.) Une de plus, une de moins, personne ne s'en apercevra.

Je me recouchai sans quitter mon sourire. Il avait raison, Trémeur, ce n'était pas vraiment du vol. Elles ne quittaient pas l'Enclos, ces planches. Mon frère, c'était quelqu'un ! Quand il ne buvait pas, il était un vrai père pour moi.

Dimanche. On ne travaillait pas et, pour la première fois, je comprenais le vrai sens de ces mots. Mes mains étaient écorchées, mes vêtements entièrement maculés de goudron. Ma mère dut donc utiliser tout ce qui restait de notre solde de la semaine pour acheter du tissu et confectionner de nouveaux habits. Pour Trémeur. Pour qu'il puisse me donner ses vieux.

C'était normal: Trémeur était l'aîné et, moi, je continuais à grandir. Inutile de gaspiller. Malgré tout, j'en eus un peu mal au cœur. Je n'en laissai rien paraître, pour que ma mère ne s'aperçoive pas de ce que j'étais vraiment: un sale envieux. Aussi, quand elle me demanda si ça me ferait plaisir d'aller à la messe à Larmor, je sautai de joie plus que de raison pour masquer mon amertume.

Trémeur ne vint pas avec nous. Il prétendit qu'il irait à la messe au Port-Louis avec ses nouveaux copains, des matelots basques qui étaient venus livrer des avirons pour les chaloupes. Je ne me faisais aucune illusion: l'église de là-bas s'appelait « Au cheval qui mord » ou quelque chose comme ça, et on n'y servait pas du vin de messe.

Quand je passai la porte de la maison, tout bizarre dans les vêtements de Trémeur qui flottaient autour de moi, je fus saisi par le vent. Je dus poser la main sur mon chapeau pour le retenir, tandis que ma mère agrippait les deux côtés de sa coiffe blanche et bien empesée, celle du dimanche. Elle me sourit. C'était un vent chaud et doux, qui nous enveloppait délicieusement. Les nuages gris filaient dans le ciel, mais il ne pleuvait pas.

–Allons, dit ma mère.

Et, pour la première fois depuis que nous étions arrivés ici, je décelai dans son ton du bonheur, et même de la jubilation. Comme moi, elle se sentait un peu exilée à L'Orient. Elle avait eu de la peine à quitter Larmor, ses habitudes, ses amies, son église, et Charlotte aussi.

Nous étions si heureux que la route nous parut courte. D'une main, je retenais mon chapeau arrimé sur ma tête et, de l'autre, je balançais mes sabots à bout de bras. Je ne les enfilais toujours qu'au moment d'arriver à l'église.

On passa d'abord au cimetière raconter à Charlotte ce qui nous était arrivé. La mer en furie, qui claquait sur la grève, projetait en l'air des gerbes d'écume dont les gouttes blanches et mousseuses retombaient jusque sur la tombe. Elle aimait ça, Charlotte, elle aimait quand le vent hurlait et que la mer faisait le gros dos.

Sur la place de l'église, tout le monde poussait des cris d'excitation à chaque explosion. Les plus délicats se réfugiaient sous le porche, qui tournait le dos au vent et aux embruns. Le vacarme était tel qu'on n'arrivait pas à s'entendre. La voix de la cloche, au-dessus de nous, se perdait dans les bourrasques.

Le curé nous fit remarquer que Dieu nous envoyait une tempête un dimanche – quand les hommes se reposaient comme Lui-même l'avait fait après les six jours où Il avait créé le monde – pour tester notre foi. Par bonheur, aucun de nos pêcheurs n'avait enfreint sa loi et n'était sorti en mer. Cela prouvait combien il était important de respecter le jour du Seigneur.

Ensuite, on dit la prière des morts pour ceux que la mer ne nous avait pas rendus. Je ne comptais pas mon père dans ceux-là, mais je priai pour les hommes du village qui n'étaient jamais revenus. Pour la première fois, je me sentais profondément solidaire de tous. Je grandissais.

Et pour la première fois aussi, je chantais les cantiques comme les autres, à pleins poumons. Vivre ailleurs me donnait soudain de l'assurance. Sans doute parce que j'étais un homme, que je gagnais mon pain. Peut-être aussi parce que ma vie se couvrait maintenant d'un voile de mystère aux yeux de nos anciens voisins. Tout mystère renferme une part de merveilleux.

Ma vie à l'Enclos n'avait objectivement rien de merveilleux, seulement j'étais le seul à le savoir.

Dieu avait probablement été sensible à nos chants et à nos prières, car le vent se calma pendant la messe. À la sortie, je retrouvai Hanternoz (qui, comme d'habitude, était arrivé en retard) sous le porche où veillaient les douze apôtres, six de chaque côté, alignés au-dessus de nos têtes.

Il me parla aussitôt de son nouveau projet: la contrebande de tabac. Il achèterait celui-ci dans les îles de Jersey et Guernesey, où il était beaucoup moins cher, et le revendrait ici avec un joli profit. À part qu'on était en guerre avec les Anglais, que la Manche était sillonnée de bateaux armés jusqu'aux dents, et que ça compliquait les choses.

–Moi, répondis-je en n'hésitant pas à embellir la réalité, je préfère la Compagnie. On est bien payé, et on peut monter en grade. Et tu n'imagines pas la richesse, là-bas : des vaisseaux en construction, énormes, des hangars à canons, des ateliers où on sculpte les figures de proue... Rien qu'hier, on nous a livré des ancres qui venaient de Suède, du verre à vitres de Normandie et du bois à faire les mâts, de Sibérie !

Imitant inconsciemment Trémeur, je disais « nous », comme si l'Enclos m'appartenait. Sans compter que je n'avais aucune idée de l'endroit où se trouvaient la Suède ni la Sibérie, ni même vraiment la Normandie.

Hanternoz me contemplait d'un air énigmatique.

–J'irais bien travailler là-bas, déclara-t-il subitement, il paraît qu'il y a un sacré magasin à poudre.

Je le connaissais, ce magasin : c'était le bâtiment entouré d'un muret. Je le décrivis crânement comme une solide bâtisse, construite à l'écart pour éviter les accidents. Parce que, entre la boulangerie, la goudronnerie et les forges, on ne manquait pas de sources de feu dans l'Enclos. On pouvait même aller se servir n'importe où en braises, si notre cheminée s'éteignait.

–Je vais m'arranger, décréta alors Hanternoz avec une lueur décidée dans les yeux.

Et là, je me rendis compte de ma bêtise : il verrait très vite que je n'étais qu'un apprenti pour qui personne n'avait la moindre considération, et que je travaillais du matin au soir dans un atelier sombre, où l'air nous parvenait à peine et le soleil encore moins. Je regrettais ma vantardise, mais il était trop tard.

–Ça ne te plaira peut-être pas, tu sais, précisai-je. On travaille dur et on a moins de liberté qu'ici. En plus, la pêche te manquerait.

–Ne t'inquiète de rien, me rassura-t-il.

Cela ne me rassura aucunement.

Je me demandai bien pourquoi il avait envie de travailler au magasin à poudre. Je n'y avais guère vu que des soldats qui montaient la garde.

Ma mère semblait rajeunie. Après un nouveau passage au cimetière – cette fois pour mes grands-parents –, elle déclara qu'on irait boire un petit quelque chose avant de repartir. Pas au cabaret, bien sûr, mais chez Dréano. C'était une veuve qui avait perdu son mari et ses quatre fils en mer, et s'en tirait en transformant certains jours sa maison en taverne. Elle y servait à boire et à manger.

Ma mère commanda deux verres de vin coupé d'eau et un beignet pour moi, et posa fièrement un sou sur la table. Elle était devenue une femme « qui peut payer », et ça me consola de tout.

La pièce où nous étions – celle qui donnait sur la rue – était réservée aux familles. Une autre, sur l'arrière, était occupée par des hommes qui jouaient aux dés... C'est ce que je crus sur le moment, jusqu'à ce que je découvre que le claquement régulier n'était pas produit par des dés, mais par une bourse d'argent qu'on faisait sonner sur la table. L'homme qui la tenait me tournait le dos. Debout près de lui, se tenait une femme. Un pêcheur était assis en face.

Soudain, les deux hommes se tapèrent dans la main, puis le pêcheur arracha un de ses cheveux et le laissa tomber sur le sol, comme pour conclure un marché. Ensuite, l'autre lui tendit un papier, que le pêcheur signa avec application. Apparemment, ni le « tope-là » ni le cheveu ne suffisaient à entériner l'accord. Je trouvai ça bizarre.

L'homme qui me tournait le dos versa alors le contenu de la bourse sur la table et, d'un grand mouvement de main, poussa les pièces vers la femme.

Ça me rappelait quelque chose. Un marché qu'on passe avec le mari, et qu'on règle à la femme... Un engagement sur un bateau !

Je l'avais à peine compris, que l'homme tourna la tête pour commander à boire. Je demeurai stupéfait. Timoléon !

Ma mère remarqua mon regard et se retourna. Alors, finissant rapidement son verre, elle lâcha :

– Allons-nous-en.

Un recruteur ! Timoléon était un recruteur ! Je commençais à comprendre le sens de ses paroles à la corderie. Collen, lui, avait tout de suite pressenti la vérité : Timoléon s'était introduit à L'Orient dans le seul but de détourner du personnel, de convaincre des ouvriers de s'embarquer. Voilà pourquoi il nous avait caché son nom (que tout le monde devait connaître).

Sur le chemin du retour, ma mère, si peu expansive d'ordinaire, me rapporta en détail les nouvelles qu'elle avait glanées au village. Je la soupçonnais de parler sans arrêt pour me distraire de ce que j'avais vu.

En vain. Je ne risquais pas de l'oublier.

CHAPITRE 17

Je passai la fin de mon dimanche à calfeutrer au mieux notre baraque. Les planches rapportées par mon frère étaient visiblement neuves. Heureusement, comme elles étaient fixées à l'intérieur, personne ne s'en rendrait compte.

Trémeur ne rentra pas de la soirée, et ma mère n'en fut pas rassurée. Moi non plus. Malgré l'amélioration de nos relations, je redoutais de le voir revenir dans un état qui pouvait présenter un danger pour moi. Au milieu de la nuit, comme il n'était toujours pas là, j'imaginai que la chaloupe avait chaviré en traversant et, à ma grande honte, l'idée qu'il se fût noyé ne me tira aucune larme.

Le lendemain matin, il était encore absent. Ma mère se signa plusieurs fois avant de servir la bouillie d'avoine, sans faire néanmoins aucune remarque. Elle évitait d'exprimer ses craintes de peur qu'un esprit mauvais l'entende et en tire de funestes projets. Finalement, n'y tenant plus, elle dit tout de même :

–Circuler de nuit est dangereux. Ils auront attendu le lever du soleil.

Aucun être malveillant ne pouvait utiliser ça.

À la reprise du travail, je n'eus pas le temps d'aller voir au chantier, où Trémeur avait pu se rendre directement. À dire vrai, je me faisais parfaitement à l'idée de son absence et commençais même à craindre qu'il ne réapparaisse. Bien sûr, je me refusais à imaginer sa mort, ç'aurait été trop ignoble de ma part. Mais qu'il ait été enlevé par une sirène, par exemple. Ou qu'il ait rencontré le roi des poissons, qu'il ait obtenu la clé du palais, et qu'il soit parti pour l'île d'Or… Oui, ça, c'était généreux, je ne pouvais rien me reprocher.

En milieu de matinée, lorsqu'il fallut aider à décharger un bateau de chanvre arrivant de Russie, je me résolus malgré tout à pousser jusqu'au *Saint-Guillaume*. Le vaisseau était toujours lourdement affalé sur le flanc, mais aucune trace de mon frère. Ni de personne d'autre, d'ailleurs. J'entendais, depuis l'entrepôt voisin, des commis comptabiliser des armes à voix haute : mousquets, fers de piques, pertuisanes… Je m'approchai.

–Reste au loin ! me crièrent-ils avec méfiance.

–Je veux juste savoir où sont les hommes qui travaillaient sur le *Saint-Guillaume*.

Ils eurent un geste d'ignorance.

Tandis qu'ils se mettaient à compter, cette fois, des caisses de grenades, je revins vers le quai où l'on construisait la curieuse machine en bois qui devait servir à mâter les navires. Car dresser les mâts en place était une opération dangereuse. Un faux mouvement, une seconde d'inattention, et on se faisait écraser. Ou bien on hachait menu des pans entiers du vaisseau. Ou bien les deux.

C'est là que je l'aperçus. Trémeur ! Il était avec les autres, à bourrer d'étoupe les joints d'une chaloupe. Ça me ficha un coup. C'était vraiment odieux de ma part, car Trémeur ne m'avait pas battu une seule fois dans la semaine. Il remarqua ma présence et me lança :

– Puisque tu es là, va donc chercher un seau de brai à l'atelier !

Je crus avoir mal compris. J'étais apprenti à la corderie, le calfatage n'était pas mon travail et Trémeur n'avait pas à me donner d'ordre dans ce domaine. En lui obéissant, je me mettais même en faute.

– Tu te dépêches, oui ? cria-t-il d'un ton menaçant.

Il était pâle, les yeux enfoncés dans les orbites, le regard flou, une crispation mauvaise sur le visage. Je ne connaissais que trop cette expression et renonçai à lutter. Je fis le signe que j'y allais et filai vers l'atelier de calfatage, à l'arrière des forges.

J'étais furieux à la fois contre lui et contre moi. Je me raisonnai : il avait trop bu, il n'avait pas dormi, et le moindre faux pas pouvait le faire renvoyer du chantier. Il valait mieux éviter tout esclandre.

Je revins très vite avec le seau de brai, le descendis jusqu'à Trémeur et, sans un mot, remontai m'occuper de mes rouleaux de chanvre.

Un hurlement me cloua sur place.

–Qu'est-ce que c'est que ça ?

Je tournai la tête avec appréhension.

–Vous avez vu ce qu'il me rapporte ? cria encore Trémeur. Du brai sec ! Pauvre buse. Alors qu'il voit que j'en suis à l'étoupe !

Je ne comprenais rien à ses reproches. Les autres ouvriers me regardaient en ricanant, et je me sentis rougir. Il reprit :

–C'est avec du brai *gras* qu'on enduit l'étoupe, espèce de veau mal sevré ! Retourne.

Je restai là, ulcéré. Et tout le monde qui y allait de ses moqueries sur les jeunots pas sortis des jupes de leur mère. Quelqu'un plaisanta même :

–D'un sac, on ne peut tirer que ce qu'il y a dedans.

Je m'aperçus alors que le visage de Trémeur reflétait plus de méchanceté que de colère. Il avait fait exprès de ne pas me donner les bonnes indications ! Et, soudain, je me rappelai la phrase de l'écrivain : « Si tu fais la brebis, on te tondra. »

J'étais assez loin, c'est peut-être ce qui me donna du courage. Je pris une forte inspiration, et lançai d'un ton rogue :

– Si tu voulais du brai gras, il fallait le dire. Tu imagines que j'ai le temps de regarder où tu en es ? J'ai une cargaison de chanvre à rentrer, moi, et je regrette bien d'avoir fait ta commission !

Trémeur me considéra avec stupeur.

– Sale petite ordure, prononça-t-il lentement. Pour qui il se prend, c'te larve…

Un homme intervint :

– C'est vrai que tu n'as pas précisé « gras ». Quand on dit « brai » tout court, ça signifie « sec ».

Ça, je l'ignorais, mais ça jouait en ma faveur.

Le visage de mon frère se tordit méchamment. On venait de me donner publiquement raison contre lui, et je compris que ce n'était aucunement rassurant pour moi. Je m'éclipsai avant d'en entendre plus.

– Ça ne va pas fort… dit une voix près de moi.

Hanternoz ! Je m'empourprai de plus belle, vexé qu'il ait assisté à mon humiliation. Mais, contrairement à ce que je redoutais, il ajouta simplement :

– Ton frère, c'est un sac à merde. Il profite qu'il est plus grand que toi pour te maltraiter. C'est ignoble.

J'en fus stupéfait. C'était le sentiment que j'avais depuis longtemps sans oser me l'avouer. Pourtant, je ne pus m'empêcher de protester :

– Je fais toujours des bêtises, il est bien obligé de me reprendre.

Hanternoz haussa les épaules.

– C'est ta mère qui dit ça ?

Je ne répondis ni oui ni non, et il ajouta :

– *Qu'il soit blanc, qu'il soit noir, chacun aime son chevreau.*

– Trémeur n'est pas noir, protestai-je mollement. Il essaie juste de remplacer mon père auprès de moi.

Je me demandais bien pourquoi je le défendais. Je répétais les mots de ma mère, mais est-ce que j'y croyais vraiment ? En tout cas, ce n'était pas à Hanternoz d'en juger. J'ajoutai :

– La vie n'est pas facile pour lui.

– Et pour toi, elle est facile ?

Je me contentai d'un sourire incertain.

– Qu'est-ce que tu fais là ? demandai-je pour détourner une conversation que je ne me sentais pas de force à soutenir.

– Je n'ai pas pu entrer au magasin à poudre, on n'y prend pas d'apprentis. C'est trop de responsabilités, qu'ils disent. Alors je travaille à la forge.

La forge ? C'était dur pour un apprenti. On devait y manier le soufflet dans une chaleur d'enfer, et ça ne collait guère avec le caractère indépendant d'Hanternoz.

À cause du droit de varech qu'il rapportait, il avait eu un peu de mal à convaincre le seigneur qu'il pouvait maintenant subvenir à ses propres besoins. Pourquoi voulait-il tant travailler ici ? Je n'en avais aucune idée. Au château, il mangeait à sa faim et sa vie n'était pas si pénible, surtout depuis qu'il avait obtenu de ne travailler qu'à l'approvisionnement en coquillages.

Mais Hanternoz savait mener sa barque, il n'avait pas, comme moi, du jus de navet dans les veines.

Comme je l'avais subodoré, tenir tête à Trémeur ne pouvait que se retourner contre moi. Le ceinturon avait fait sa danse.

Tout en soignant les blessures de mon pauvre dos, ma mère m'avait rappelé qu'on ne réplique pas au chef de famille. Surtout en public, car ça nous conférait à tous deux une mauvaise réputation.

Assis sur le muret du magasin à poudre, je fixai la mer avec colère. Je ne l'avais pas fait depuis longtemps, depuis la mort de Charlotte. Mais là, je n'en pouvais plus. Il fallait que mon père revienne ; je suppliai le bateau avec toute la force intérieure que je pouvais rassembler. Parce que, j'aurais beau grandir, Trémeur resterait toujours l'aîné.

La révolte grondait en moi. Ma mère aurait été effarée de voir la noirceur de mes pensées. Je comptai qu'à l'hiver prochain j'aurais douze ans, et qu'après viendraient treize, puis quatorze. Et alors, je serais peut-être aussi grand que Trémeur, et aussi musclé. Car, à force de tourner les cordages, mes bras gonfleraient, mes épaules forciraient. Et je me vengerais. Mon frère n'était qu'un sac à merde. Je me vengerais, et ma vengeance serait éclatante.

Et un jour, non seulement j'aurais la force physique de lui résister, mais je pourrais le regarder avec mépris. Parce que je porterais l'uniforme bleu des capitaines de frégate.

J'en étais à « capitaines de frégate », quand mon regard fut accroché par une voile à l'horizon, une voile blanche.

CHAPITRE 18

La cloche sonna à en perdre haleine. Tout ce que l'Enclos abritait d'ouvriers, de matelots, de soldats, de commerçants, convergea vers le quai. M. Céberet, sa lunette vissée à l'œil, fixait l'horizon. Je l'avais tout de suite repéré et je m'étais glissé jusqu'à lui en jouant des coudes. Mon cœur battait à se rompre.

–Alors ? lui demanda vivement le bourgeois cossu qui se tenait près de lui.

Il y eut un moment de silence total, puis le directeur de la Compagnie laissa tomber :

–C'est le *Florissant*.

Mes épaules s'affaissèrent.

Au contraire de moi, le bourgeois (sûrement un gros négociant qui avait des intérêts sur le bateau) laissa échapper un soupir de soulagement :

–Eh bien ! Ce n'est pas trop tôt…

–Mieux vaut aller lentement et sûrement, observa M. Céberet sans lâcher sa lunette. Ils ont dû souffrir au pot-au-noir. Croyez-moi, sur la mer, on fait rarement ce qu'on veut.

– Est-il seul ? interrogea l'apothicaire.

– Pour l'instant, je ne vois qu'un seul vaisseau.

Il y eut des cris, des appels. Le bruit de l'arrivée du *Florissant* se répandit comme une traînée de poudre.

Le vaisseau mit encore un temps infini à s'engager dans le chenal entre le Port-Louis et Larmor. Des chaloupes étaient parties à grands coups de rames pour le rejoindre et le guider vers le port ; on dégageait un ponton, il y avait sur les quais une ambiance de fête.

Les familles des matelots, prévenues on ne sait comment, avaient déjà envahi l'Enclos, balançant entre crainte et joie.

Plus le navire approchait, plus la tension montait. On guettait à s'en user les yeux les silhouettes qui se découpaient sur le gaillard d'avant. Là-bas, les hommes agitaient les bras pour saluer. Impossible, pour l'instant, de les reconnaître, de savoir lesquels revenaient, lesquels étaient encore vivants. Sur le quai, ceux qui avaient des proches à bord retenaient leur souffle. Peu à peu, le silence s'installa. On aurait entendu voler une mouche.

Enfin, au bout d'une éternité, le *Florissant* se dirigea vers le ponton, que les soldats barrèrent aussitôt à la foule. Mon cœur se mit à battre plus vite. N'importe quel vaisseau arrivant des Indes pouvait ramener les naufragés d'un autre bateau. J'examinai avec une attention maladive les hommes massés le long du bord. Sauf que j'aurais été bien incapable de reconnaître mon père. Finalement, le navire s'immobilisa, et on installa une large planche pour servir de passerelle.

Un à un, les hommes quittèrent le bord. Leur pas était mal assuré, ils avaient l'air hagard. Des mois sans poser le pied sur la terre ferme… Leur démarche, adaptée aux mouvements du bateau, semblait celle d'ivrognes. On se précipita vers eux, on cria des noms pour s'assurer au plus vite de la présence à bord de ceux qu'on attendait. J'arrêtai un matelot et lançai à mon tour:

– François Matelyer…

L'homme secoua la tête. Ce nom ne lui disait rien.

Je ravalai ma déception. Autour de moi, les cris et les exclamations se mêlaient, et les pleurs au moment où une famille apprenait son deuil. C'était un mélange difficilement supportable de bonheur et de désespoir. C'est alors que je remarquai l'odeur épouvantable que dégageait le navire.

– Le scorbut, souffla l'apothicaire dans mon dos. Ça sent l'haleine de scorbutique.

Nous regardâmes vers le pont. Un brancard, porté par deux matelots, venait d'y apparaître, très vite suivi par un second, puis par un autre, et un autre. Une file ininterrompue de mourants quittait le navire.

Quand le premier passa près de moi, je vis que ses jambes étaient noirâtres et pleines d'ulcères, son visage couleur de plomb, sa bouche saignant, avec les lèvres qui rentraient, dénonçant l'absence de dents. L'odeur était à soulever le cœur. Les malades ne restaient pas ici, on les rembarquait immédiatement sur des chaloupes pour les emmener à l'hôpital du Port-Louis.

Il y eut encore des cris, des sanglots et, enfin, une salve d'applaudissements quand apparut le capitaine qui avait réussi à ramener son bateau d'un aussi long voyage. Des femmes se précipitèrent vers lui pour avoir confirmation de leur malheur et, aussi, pour obtenir l'autorisation d'aller chercher le coffre de leur homme. C'est qu'on avait beau être dans la peine, il fallait récupérer la pacotille avant que les contrôleurs y mettent le nez.

Ce fut le signal. Les hommes qui étaient descendus saluer remontèrent à bord avec femmes et enfants.

Quand ils redescendirent, tous avaient doublé de volume. Aucun officier ne fit la moindre remarque, pas même le capitaine, qui détourna ostensiblement la tête. Pourtant, tout le monde savait qu'ils avaient glissé sous leurs vêtements de la pacotille interdite, et en particulier ces magnifiques indiennes que le roi interdisait de vendre en France pour ne pas nuire à nos tisserands. Plus la famille était nombreuse, plus il était facile de les débarquer en douce.

Quand le vaisseau fut enfin désert, M. Céberet monta à bord avec ses comptables et ses écrivains, et des soldats prirent place sur le pont pour veiller sur la cargaison. Car on ne commencerait à la débarquer que le lendemain.

On était déjà en fin d'après-midi quand la corderie reprit le travail. La conversation roula naturellement sur les merveilles supposées que recelaient les flancs du vaisseau : bois de teinture, indiennes, poivre, épices, thé, porcelaines, les paris étaient ouverts. Les mots me firent de nouveau rêver. J'étais en train de tourner distraitement un toron à vingt fils, quand deux hommes en uniforme rouge pénétrèrent dans l'atelier. Des mousquetaires. Je me demandai bien ce qui nous valait l'honneur de leur visite.

J'étais tellement loin de me douter que je présentais pour eux un quelconque intérêt, que je sursautai à l'appel de mon nom et lâchai la manivelle du rouet.

– Matelyer !

La manivelle fit un bref retour en arrière et je l'arrêtai d'un geste vif. Trop vif. Une douleur fulgurante vrilla mon dos et je ne pus prononcer qu'un « c'est moi » ridiculement étranglé. Tout le monde me regardait.

– Nous cherchons un Trémeur Matelyer. Il s'agit bien de ton frère ?

– Ou… i.

– Où est-il ?

Je me sentis blêmir. On s'était aperçu du vol des planches !

–Je ne sais pas, bredouillai-je, n'osant dire qu'il travaillait au calfatage.

–C'est insupportable, lança un homme en entrant derrière eux. Combien en manque-t-il ?

–Six en tout, monsieur l'intendant, répondit un mousquetaire.

Je sentis que mes mains tremblaient. Les planches, je les avais clouées moi aussi, je pouvais donc être considéré comme un voleur.

–C'est toujours pareil ! reprit l'intendant. Je me demande si on ne devrait pas ouvrir un cabaret dans l'enceinte de l'Enclos. Au moins, on les aurait sous la main.

Sans doute parce que j'avais l'esprit troublé, je ne saisis pas le sens de ces paroles. Je voyais surtout mal le rapport avec nos planches.

–Ils ont intérêt à être à leur travail demain matin, gronda l'intendant. Toi, Matelyer, dis-le à ton frère. Il peut faire une croix sur sa paie de la journée et, s'il n'est pas là aux aurores pour aider au déchargement, je lui supprime une semaine de solde… Et qu'il prévienne ses compagnons de beuverie !

–Ne vous en faites pas, intervint un mousquetaire. On va les récupérer. Ceux qui ne sont pas là où ils devraient, on sait où les trouver. Il suffit de rendre visite aux cabarets les plus infects du Port-Louis.

Ils ne cherchaient pas mon frère à cause des planches ? Juste parce qu'ils en avaient besoin pour décharger le vaisseau ?

Le second mousquetaire ricana :

– Les cabarets dont les fontaines pissent du vin de Rhuys, qu'il faut être à trois pour l'affronter : un qui boit et deux qui le soutiennent.

Ils éclatèrent de rire. Sauf l'intendant.

– Et on s'étonne, s'emporta ce dernier, que le chantier n'avance pas ! (Il s'adressa à nous.) Vous autres, n'oubliez pas que demain vous êtes également requis pour le déchargement.

Sur ces mots, il sortit, entraînant les mousquetaires avec lui.

– S'ils payaient mieux, ironisa un cordier, on serait peut-être plus assidus.

Tout l'après-midi, je fus préoccupé. Trémeur avait perdu sa solde de la journée et il serait de très mauvaise humeur. Je n'avais aucune hâte de rentrer à la maison, si bien qu'en finissant le travail je repassai voir le vaisseau. Plusieurs de ses voiles étaient abîmées et il avait besoin d'un bon coup de peinture après tant de mois en mer, mais je le trouvais magnifique. Il faut dire qu'il n'était sorti des chantiers de L'Orient que l'année précédente. Je m'imaginais sur le pont, ou descendant avec le directeur dans des soutes pleines de merveilles.

Ma mère, elle, ne me parla d'aucune merveille, seulement des femmes qui étaient reparties en pleurant, et des pauvres orphelins qu'elles traînaient à leurs jupes. Trente hommes étaient morts pendant la traversée et vingt n'avaient pas pu débarquer sur leurs jambes. Sans compter ceux qui étaient debout mais tremblaient de fièvre. Je n'eus pas besoin de sa conclusion : la mer était un tombeau. Sous-entendu qu'elle avait bien raison de refuser que j'y mette les pieds.

Nous mangions quand Trémeur arriva. Il avait sa tête des mauvais jours.

– Qu'est-ce que tu leur as dit, hein ? m'aboya-t-il au visage.

Ma respiration se bloqua.

– À… À qui ?

– Ne fais pas l'innocent : aux mousquetaires ! Ils sont venus nous cueillir au Port-Louis, ce n'est pas pour rien. Et notre solde nous est passée sous le nez !

Je voulus dire que j'ignorais, moi, où il se trouvait, que je n'avais pas pu le dénoncer. Il ne me laissa pas placer un mot. Il m'envoya une gifle qui me fit tomber de mon tabouret en ajoutant :

– Et on m'a dit qu'ils sont passés à la corderie avant.

– Ce n'est pas moi. Je ne savais même pas…

Je pris un coup de pied dans le ventre, suivi d'un au visage. Ensuite je ne sais plus. Il frappait, il frappait, il ne me laissait pas un instant de répit pour changer de position de défense ou m'abriter. Mes blessures de la veille se rouvraient, et j'avais l'impression que tout éclatait en moi. Je me mis à hurler, sans pouvoir m'arrêter. Pourtant, ça n'arrangeait rien quand Trémeur cognait, bien au contraire. Les cris, ça l'excitait. Ma résolution de ne jamais montrer ma douleur avait honteusement cédé. À moins que ce ne soit toute ma rage et mon impuissance qui explosaient. Je réussis à me soulever sur les genoux pour ramper vers la porte, mais son soulier dans mes côtes acheva de me briser. Ensuite, je ne sentis plus rien.

Quand je repris conscience, Trémeur n'était plus là. J'étais allongé sur le lit et ma mère me bassinait le visage avec un torchon mouillé. J'ouvris les yeux avec peine. Je ne pouvais parler tant mes lèvres étaient enflées.

– Tu n'aurais pas dû dénoncer ton frère, dit alors ma mère.

Et c'est ce qui me blessa le plus.

CHAPITRE 19

Je souffrais tant que je ne pouvais dormir. Dans la nuit, je glissai la main sous le lit et cherchai à tâtons le sac que j'y avais caché. Il contenait les restes de mon cher pommier, qui était maintenant en deux morceaux : Charlotte d'un côté, mon père de l'autre. Je les ramenai sous mon oreiller et pleurai silencieusement. De douleur et de colère. Surtout de colère. Contre l'injustice. Un sentiment d'humiliation et d'impuissance me tordait le cœur. Je mordais mon oreiller avec rage. Quelque chose avait éclaté en moi. Définitivement.

Jusque-là, j'avais toujours pu considérer que, d'une manière ou d'une autre, mon frère avait eu des raisons de me battre. Mais là…

Je grinçai entre mes dents : « Je le tuerai. » « Je le tuerai. »

Cela n'arrivait pas à m'apaiser. Et la phrase de ma mère me brûlait pire que tout. *Un coup de langue fait plus de mal qu'un coup d'épée*. J'étais terriblement malheureux que ma mère ait pu penser pareille horreur de moi, mais je n'avais eu ni la force ni le courage de m'expliquer. Je crois même que je m'y refusais. Pour ne pas avoir l'air de chercher des excuses. Ou bien pour me repaître de cette injustice qui me donnerait enfin la force de sauter le pas.

Car j'allais partir. Tout de suite. Qu'importaient les paroles du mendiant, il ne fallait rien attendre du ciel ni d'un quelconque miracle. J'étais seul à pouvoir prendre mon destin en main. Et, maintenant, je savais très bien à qui m'adresser pour accomplir ce destin.

Il était hors de question que j'attende une minute de plus. Et tant pis si aucun bateau ne partait pour les Indes avant l'hiver. J'embarquerais sur n'importe quoi.

Le lendemain matin, quand je mis le pied par terre, je m'effondrai. C'est ma mère qui me le raconta, car je me souvenais plus de rien. Elle était allée prévenir à la corderie que je ne pouvais pas travailler, en prétendant que je m'étais fait écharper par la roue du moulin en m'en approchant trop près. Difficile d'être plus maladroit ! Collen lui avait donné un pot d'une graisse dont on enduisait le dos des marins quand ils avaient reçu le fouet, et ça me fit du bien au corps et à l'âme. De parfaits étrangers me montraient plus d'attention que ma propre famille !

Mes lèvres étaient si gonflées et douloureuses que j'eus du mal à murmurer :

– Maman, ce n'est pas moi qui ai dénoncé Trémeur…

Je fus malgré tout content de l'avoir dit. Je n'aurais pu partir en lui laissant un si piteux souvenir de moi. Ma mère continua de me passer de la pommade sur les blessures et, enfin, elle soupira :

– Il ne pouvait pas le savoir.

Le soir, Trémeur ne fit qu'une courte apparition. Assis au bord du lit, j'étais en train de sculpter la tête de mon pommier pour qu'elle ressemble encore plus à Charlotte. Il me regarda à peine et ne reconnut pas le morceau de bois. Devant mon état, il se contenta de me traiter de mauviette, prit ses affaires et repartit « coucher au hangar avec les autres ».

– Il a des remords… conclut ma mère en hochant la tête.

Je ne sais pas à quoi elle voyait ça. Parce qu'il filait pour ne pas avoir sous les yeux le résultat de sa violence ?

– Il va coucher là-bas pour te laisser le lit, ajouta-t-elle.

Sa conclusion me sidéra. J'eus envie de lui crier qu'elle devait arrêter de se fermer les yeux sur la vraie nature de Trémeur, mais à quoi bon ? Bientôt, je ne serais plus là, et elle se retrouverait seule avec lui. Alors autant qu'elle lui cherche des excuses, elle aurait moins mal.

Je ne pus me lever pendant trois jours entiers. Quand j'arrivais à m'asseoir, je reprenais ma sculpture et parlais de mes projets avec Charlotte. Ma mère avait trouvé du travail à la voilerie et ne rentrait qu'à midi. Ce qui me coûtait le plus, c'était de savoir qu'on déchargeait le *Florissant* sans moi. J'aurais tant voulu monter à bord, explorer ses cales et leurs trésors, l'armement, voir comment s'attachaient les cordages que nous fabriquions à l'atelier…

Je le disais à Charlotte, mais elle trouvait que ce n'était pas grave, que j'avais la vie devant moi pour ça. J'étais content de ma sculpture, elle lui ressemblait de plus en plus.

Le troisième jour, j'étais en train d'y mettre la dernière main quand Hanternoz entra.

– Ça va ? lança-t-il. J'ai su que tu t'étais fait écharper par les ailes du moulin.

Il me regarda comme s'il n'en croyait pas un mot, puis il me montra avec une grimace mystérieuse le sac de toile élimé qu'il portait en bandoulière.

– Regarde ce que je t'ai apporté, poursuivit-il en fouillant dedans.

Il en extirpa un petit coquillage, ovale et brillant, comme je n'en avais jamais vu. Son ouverture n'était qu'une fente, et je me demandai quel genre d'animal avait pu vivre dans une maison aussi close.

– C'est un cauri, m'expliqua Hanternoz. Les marins disent qu'il vient des îles Maldives. C'est avec ça qu'on achète les esclaves africains*.

– Tu veux dire qu'on paye avec ça ?

– Il paraît que les sauvages d'Afrique croient que ça a plus de valeur que l'or. Faut-il être bête ! Ce matin, il y en a toute une cargaison qui est partie pour Nantes. Pour fournir les négriers, des marchands spécialisés dans le commerce des esclaves. J'en ai récupéré quelques-uns au passage.

– Tu les as volés ?

– « Volés » ! Tu parles, il y en a des milliers et ça n'a aucune valeur.

Je m'abstins de faire remarquer que ça avait forcément de la valeur, puisqu'on les avait achetés aux Maldives et transportés de longs mois dans les cales du bateau... Mais Hanternoz semblait trop heureux de m'offrir ce cadeau.

Je le glissai sous mon oreiller avec Charlotte.

– Tu n'imagines pas les merveilles, poursuivit mon visiteur avec entrain. J'ai aussi récupéré ça.

Et il sortit de son sac une statuette dorée.

Qu'entendait-il par « récupérer » ? Je craignais de le comprendre.

– Ils appellent ça un bouddha, commenta-t-il.

La statuette représentait un personnage debout, les yeux fermés, les mains levées à hauteur d'épaules, montrant leurs paumes. Il avait de très grandes oreilles ornées de longues boucles de métal qui pendaient presque jusqu'aux épaules, et un chapeau pointu sur la tête.

– Et ça… reprit Hanternoz en sortant cette fois une étoffe rouge.

Quand il la déplia, je m'aperçus qu'elle était peinte d'oiseaux aux couleurs éclatantes, de branches et de feuillages de toutes les nuances de vert et de brun. Magnifique.

– Qu'est-ce que tu vas en faire ? demandai-je. Il est interdit de vendre des indiennes en France.

– Ne te tracasse pas. Moi, je ne suis pas manchot, et il faut se lever matin pour m'attraper.

Il me jeta un regard en coin et conclut :

– Mieux vaut être boucher que veau.

Il disait ça pour moi. Je ne répondis pas. Je m'étais juste fait écharper par les ailes du moulin.

CHAPITRE 20

Le lendemain matin, j'arrivai à me lever. J'étais encore trop faible pour me mettre à la recherche de Timoléon ou pour reprendre mon travail, aussi ma première visite fut-elle pour le port.

Le *Florissant* était toujours à quai et, comme des fourmis, les hommes montaient et descendaient la passerelle avec sur le dos de longs paquets mystérieux. Malheureusement, il m'était impossible de me joindre à eux : c'est à peine si je supportais le poids de ma chemise sur mes épaules. Je restai un long moment à regarder le déchargement sans apercevoir Hanternoz. Où était-il passé ?

J'appris que ces paquets étaient ceux qu'on avait stockés le long des parois du vaisseau, et qu'ils contenaient du rotin emballé dans de la toile à voiles. On sortait aussi des ballots d'étoffes et les sacs de poivre qu'on avait glissés entre eux pour les protéger des insectes.

Lentement, je revins sur mes pas. Au moment où je passais devant le fournil, j'aperçus le boulanger qui prenait le frais sur sa porte. À ma grande surprise, il m'interpella :

– Oh là, garçon ! Qu'est-ce qui t'est arrivé à la figure ?

Je me souvenais fort bien qu'il m'avait pris pour un imbécile la fois d'avant, et je répondis :

– Le roi du Siam m'a nommé cornac de l'éléphant royal, malheureusement, lors d'une promenade, l'éléphant a été attaqué par un tigre, il s'est défendu et je suis tombé de là-haut. Une chance que je n'aie pas été entièrement dévoré.

– Eh ben toi ! s'exclama-t-il en riant, tu ne manques pas d'imagination.

– Tout comme vous, répliquai-je.

– Pourquoi dis-tu ça ?

– Parce que, figurez-vous, le *Soleil d'Orient*, vous ne pouviez pas y être embarqué. Sinon vous ne seriez pas ici à me broder vos contes. Il n'est jamais revenu des Indes. Je le sais, mon père était dessus.

– Ton père ?

– François Matelyer.

– L'écrivain ?

Je restai suffoqué.

– Je le connaissais bien, tu penses, reprit le boulanger. Pour chaque sac de farine, il me fallait son autorisation.

Un instant déstabilisé, je finis par ricaner :

– Oui, je sais, vous avez laissé le *Soleil d'Orient* en pleine mer et vous êtes rentré à la nage.

– Qu'est-ce que tu me racontes ? Je n'étais pas sur le vaisseau au retour !

– Ce n'est pas ce que vous avez prétendu.

– Qu'est-ce que j'ai dit ? La vérité, c'est que, à cause de l'ambassade du Siam et de tous ses serviteurs, on manquait de place. Alors les chefs ont décidé que je ferais les biscuits à l'avance, comme maintenant. On les a chargés et c'est tout. Je ne suis rentré qu'un an après, sur l'*Heureuse*, un nom prédestiné. Tu peux me croire, quand j'ai appris que le *Soleil d'Orient* s'était perdu corps et biens, je me suis pensé par-devers moi que j'étais miraculé.

– « Perdu corps et biens », on n'en sait rien. Rien du tout !

– Non… prononça lentement le boulanger. Quand même… En revenant sur l'*Heureuse*, on a rencontré dans le canal de Mozambique un vaisseau négrier anglais, qui arrivait de Madagascar où il avait acheté des esclaves. Dès qu'on a été à portée de voix, le capitaine nous a crié qu'il avait entendu dire qu'un navire français de soixante canons s'était perdu à la côte de cette île.

– Il vous a dit qu'on lui avait dit… ironisai-je. Et le *Soleil d'Orient* est le seul navire de soixante canons, peut-être ?

– Non…

– Alors, quand on ne sait pas, on se tait !

Je tournai les talons et m'éloignai, plein de colère.

Assis sur le muret du magasin des poudres, je me calmai peu à peu. Je n'aurais pas dû répondre ainsi au boulanger. Moi aussi, j'étais très injuste et je refusais d'écouter les autres. Je ne valais pas mieux que mon frère.

Pour oublier ça, je tentai de faire le vide dans mon esprit en fixant la mer. J'espérais encore confusément un miracle. Peut-être que, maintenant que j'étais décidé à m'embarquer, le ciel me ferait signe. *Aide-toi, et le ciel t'aidera*. J'avais effectué le premier pas, à lui de jouer.

– Voilà un moment que je ne t'ai vu, dit une voix derrière moi.

C'était l'apothicaire. Il n'eut aucune remarque concernant les bleus et les gonflements qui déformaient mon visage, sans doute parce qu'il ne portait pas ses besicles. Sans attendre ses questions, je décrivis la frégate qui accostait au ponton, et qui ne venait évidemment pas de lointaines contrées. La silhouette qui en débarqua en premier me rappela quelqu'un mais, sur le moment, je ne sus qui.

– Le *Florissant* n'avait pas de nouvelles du *Coche* ? m'informai-je.

– Aucune. C'est normal, il arrive de Surate, tandis que le *Coche* chargeait au comptoir de Pondichéry. Il ne devrait pas tarder.

Il y eut un long silence, puis l'apothicaire déclara d'un ton hésitant :

– Tu m'as bien dit que ton père était sur le *Soleil d'Orient*…

Je tournai la tête sans prononcer un mot. Je craignais maintenant la moindre information.

– Je voudrais te montrer quelque chose, ajouta-t-il. Suis-moi.

J'hésitai un instant, subitement terrifié par ce que je pourrais apprendre. Seule ma timidité m'empêcha de refuser. Tout en le suivant vers l'autre côté du Parc, je me demandais s'il avait entendu ma conversation avec le boulanger, et j'en fus mal à l'aise.

Lui paraissait très détendu. Il me raconta qu'il était en train de s'occuper des commandes pour le prochain départ. On n'avait pas pu envoyer la flotte aux Indes à cause de la guerre avec cette maudite Ligue d'Augsbourg conduite par le nouveau roi d'Angleterre, Guillaume d'Orange, toutefois on espérait encore pouvoir la faire partir en septembre.

La flotte partirait en septembre ?

L'espoir m'avait à peine effleuré, que l'apothicaire me le brisa aussitôt en affirmant que personne n'y croyait : d'une part, ce n'était pas la bonne saison pour voyager, d'autre part, la guerre mobilisait tout bâtiment en état de flotter pour la surveillance des côtes. C'est que, sur mer, Anglais et Hollandais étaient des adversaires redoutables.

– Et puis, ajouta-t-il, tant que L'Orient n'est pas équipée d'une salle pour la vente, il faudra bien emmener les marchandises à Rouen. Et, pour ça, on a besoin d'une sérieuse protection. Les navires de la Compagnie ne seront pas de trop ; on les a armés de canons supplémentaires. J'ai leur nouvelle commande à préparer.

Et il m'énuméra les onguents et emplâtres qu'il devait rassembler, la cendre de crâne humain pour arrêter les hémorragies, l'huile de lis et de roses, les yeux de homards, le poil de lièvre et la raclure de ramure de cerf dont j'ignorais les effets. Ma mère n'utilisait, pour tous les maux, que des décoctions d'algues.

Comme nous entrions dans son échoppe, l'apothicaire soupira :

–Et je suis chargé de trouver un perroquet sachant réciter le rosaire[1], vu qu'on manque d'aumônier. Je me demande pourquoi ils s'imaginent qu'un perroquet savant est plus facile à trouver qu'un aumônier !

J'étais si tendu que j'eus du mal à sourire.

Le lieu était incroyablement encombré. Bocaux, sacs, caisses, tonnelets... L'apothicaire se pencha au-dessus du comptoir où s'entassaient des boîtes de bois et sortit de derrière une feuille de papier couverte d'écriture d'imprimerie.

–Ceci est l'édition de juillet 1686 du journal *Le Mercure galant*. Tu sais lire ?

1. Grand chapelet.

Je fis signe que non.

– Il reproduit une lettre écrite à Surate en novembre 1685. (Il lut.) « Un nommé Croizier, fils d'un marchand de Morlaix qui était venu aux Indes, s'embarqua sur un navire anglais nommé le *Bristol*, pour aller en Europe. Ayant eu du mauvais temps, le vaisseau avait été obligé de relâcher en l'île de Madagascar. Là, il apprit d'un Noir nommé Jean que, quelques années auparavant, le *Soleil d'Orient* était venu en cette anse, très abîmé et faisant l'eau. Il leur nomma même les principaux officiers de ce navire et leur dit qu'il y avait dessus des ambassadeurs du roi de Siam. » Tu vois, c'est précis.

Je hochai nerveusement la tête.

– « Après avoir raccommodé leur vaisseau, ils étaient repartis du Fort-Dauphin* mais, à quatre ou cinq lieues de là, ils avaient été surpris par une tempête qui avait fait couler le vaisseau, sans que personne fût sauvé. »

Je restai muet. L'apothicaire commenta :

– Il est évident qu'au moment où l'on double le cap de Bonne-Espérance, on risque la tempête… (Il soupira.) Surtout que le *Soleil d'Orient* avait quitté Bantam fin août, deux mois trop tard pour profiter des meilleures conditions de navigation.

– Pourquoi serait-il parti en retard ? demandai-je en me contrôlant pour ne pas hausser le ton.

– Je ne sais. Peut-être avait-il déjà des problèmes.

– Si on l'a perdu de vue, ça ne veut pas dire qu'il ait coulé. Personne ne l'a vu couler, n'est-ce pas ? Il a pu simplement démâter et être obligé de relâcher à la première terre.

– Sur la côte de Madagascar, alors…

L'apothicaire n'ajouta rien. Depuis que les Français avaient été chassés de cette île, il ne faisait pas bon y mettre les pieds. Ses habitants étaient nos ennemis mortels, c'était déjà miracle qu'on puisse aborder sans trop de risque à l'ancien établissement français de Fort-Dauphin. À Larmor, plusieurs vieux, qui avaient participé à la construction de ce fort, faisaient des récits effrayants de leur fuite de là-bas.

Le cœur un peu malade, j'errai un moment du côté de la Prée-aux-vases où baignaient dans une eau croupie les troncs destinés à faire des mâts. C'est alors que je repensai à la silhouette qui avait débarqué de la frégate. Et je raccordai cette image à quelque chose que m'avait dit l'apothicaire.

CHAPITRE 21

Je parcourus plusieurs fois l'Enclos, rôdant du côté des entrepôts où l'on continuait à entasser les coffres et les sacs. Des nuées de commis notaient les entrées et, un moment, j'eus l'espoir d'y rencontrer celui que je cherchais. Mais je ne le trouvai nulle part. Sans doute était-il dans les bureaux de la Compagnie auxquels, évidemment, je n'avais pas accès.

Mon écrivain ! Quand j'avais compris que c'était lui que j'avais vu débarquer, j'avais réalisé que le *Gaillard* faisait partie des vaisseaux réquisitionnés par le roi. Mon message n'avait donc pas été déposé à l'île de l'Ascension. Maintenant, ça me paraissait moins grave : j'irais moi-même aux Indes et je me renseignerais personnellement. Il fallait juste que je trouve un embarquement sur un des vaisseaux. Car la flotte finirait bien par partir, tôt ou tard.

Où était passé mon écrivain ? Mystère. Cependant, la frégate dont il avait débarqué était toujours ancrée au port, il n'était donc pas reparti. Je surveillai ses abords jusqu'en fin d'après-midi. Là, le vent tomba, ce qui m'assura qu'elle ne mettrait pas les voiles en catimini.

Ça n'avait pas été une bonne journée, pas besoin d'attendre le soir pour le savoir. Pourtant, c'est celui-ci qui me le confirma.

Quand je rentrai à la maison, il faisait nuit. La pièce puait l'huile de sardine qu'on mettait dans la lampe. Ma mère l'avait allumée pour m'attendre, et c'est la lueur fumante de la flamme qui me révéla la catastrophe : assise sur le lit, elle brossait ses cheveux.

J'eus l'impression d'avoir reçu un seau d'eau froide sur la tête. Jamais une femme ayant un époux ou un fils en mer ne se peignait à la nuit close. C'était comme si elle noyait son marin de ses propres mains.

Ma mère remarqua mon air interdit et elle soupira :

–Assieds-toi, Lucas, il est temps que nous parlions.

D'une main mal assurée, je pris le tabouret près de la cheminée et m'installai près d'elle.

–Je n'ai jamais voulu te le dire jusqu'à présent pour ne pas t'ôter l'espoir, car je sais que tu attends ton père. Seulement, il ne reviendra pas.

–Comment le sais-tu ? murmurai-je dans un souffle.

Elle rattacha ses cheveux en un chignon bien serré et remit sa coiffe avant de me répondre.

– Aux environs de la Noël, cette fameuse année où le *Soleil d'Orient* a quitté Bantam, je me suis subitement réveillée en pleine nuit, tout oppressée. J'ai entendu un bruit, comme un bruit d'eau. Ça venait de mon baquet à linge. Il faisait nuit et, pourtant, je le voyais aussi bien que s'il était éclairé par le soleil. Ce qui m'a le plus effrayée, c'est que l'eau montait dedans, elle montait, elle montait… Et, brusquement, je vois une tête en sortir. La tête de ton père. Il me regarde d'un air triste et il s'enfonce de nouveau. Alors l'eau cesse de bouillonner et tout redevient normal.

Un intersigne ! Ma mère avait eu un intersigne !

– Quand on a vu que le bateau tardait à rentrer, j'ai compris qu'il ne reviendrait jamais. Ton père m'avait adressé son dernier adieu depuis longtemps…

Elle ne dit plus un mot et moi non plus. On resta là, assis en silence, jusqu'à ce que la flamme de la lampe s'éteigne toute seule.

Il faisait à peine jour quand je fus réveillé par l'intrusion brutale de Trémeur, qui cria :

– Debout !

Ma mère faisait réchauffer la soupe. Je me levai péniblement. J'allais mieux, mon visage dégonflait et mes contusions, virant au noir, me tourmentaient moins.

– Tu vas au déchargement ? s'enquit ma mère.

– Non. On a une frégate qui nous est arrivée hier avec une avarie, il faut qu'on répare. On en a pour la journée.

La journée ? Quel soulagement ! Ça signifiait que mon écrivain serait coincé ici, et du diable si je n'arrivais pas à lui parler. Parce que c'était sur son bateau que je voulais m'embarquer.

Trémeur me regarda et grogna :

– Tu n'étais pas au travail, hier ?

– Il ne peut pas y aller, répliqua rapidement ma mère. Il est encore meurtri.

– *À renard endormi, la nourriture ne vient pas d'elle-même*, répliqua mon frère, c'est ce que tu m'as appris, non ? (Il me toisa avec dégoût.) Une mauviette, une larve, voilà ce qu'il est, ton fils. Il va y aller, au travail, tu peux me croire. S'il s'imagine que je vais le nourrir à ne rien faire…

Et, en disant ces mots, il déboucla son ceinturon.

Je sais que j'aurais dû aussitôt lui promettre d'obéir mais, au lieu de ça, j'explosai :

– Tu n'as pas intérêt à me toucher ! Si tu me frappes encore une seule fois, je te tue ! Je te tue !

Trémeur en fut interloqué. Un bref instant. Puis il ricana d'un air mauvais :

– Pauvre bouse. Si je veux, d'un seul coup je t'enfonce les dents au fond de la gorge.

Je restai tendu, tout le corps en alerte, les poings serrés. Je ne tentai même pas de m'enfuir. J'étais prêt à lui sauter dessus, sans égard pour les conséquences.

Trémeur répéta avec mépris :

– Pauvre bouse !

Mais il n'acheva pas de défaire son ceinturon. Il se servit un bol de soupe et quitta la pièce.

– Et tu as intérêt à être à l'heure au travail ce matin, laissa-t-il tomber en sortant.

La sueur me perlait au front, j'avais le souffle court. Ma mère me considérait avec stupéfaction et, je crois, une certaine admiration. En tout cas, elle ne dit pas que je ne devais pas répondre à Trémeur, ni rien de semblable. Elle coupa du pain dans mon bol et versa dessus une bonne ration de soupe au chou en décrétant :

– Tu as besoin de manger pour grandir.

C'était sans doute pour s'excuser à ses propres yeux de m'avoir donné une part deux fois plus importante que celle de mon frère.

On se regarda et on se sourit. À cet instant, je lui pardonnai tout.

À l'heure où je quittai la maison, elle me murmura de ne pas trop me fatiguer, que j'étais encore mal remis. Je la rassurai en rappelant que Collen était un bon maître et qu'il connaissait mon état. En réalité, je lui mentais, mais je ne pouvais faire autrement. Parce que je n'avais aucune intention de me rendre à la corderie.

En arrivant à Larmor, j'étais totalement épuisé. J'entrai chez la veuve où nous avions bu, ma mère et moi, le dimanche d'avant, et me laissai tomber sur le banc. Timoléon n'était pas encore arrivé. Ça ne m'inquiétait pas car, aux dires de Collen, il avait établi ici son quartier général quand on l'avait expulsé de l'Enclos. Bien qu'il recrutât pour la Compagnie, il n'avait pas à débaucher les ouvriers, dont on avait tout autant besoin que de marins.

Je discutai un moment avec la veuve, qui me jura de ne rien dire à ma mère si elle la voyait. De toute façon, je connaissais son sentiment : ma mère me protégeait trop. Elle, elle avait donné ses quatre fils à l'océan, et elle ne voyait pas pourquoi les autres n'en feraient pas autant. C'était sans doute égoïste de sa part, mais elle ne voulait pas être la seule à souffrir.

Timoléon fut content de me voir. Il me dit que je choisissais le plus beau métier du monde, qu'il regrettait bien, lui, de ne pas pouvoir réembarquer. Il parla longtemps de l'intérêt de la navigation de commerce. On y gagnait mieux sa vie que dans la marine royale et, en plus, on avait le droit de pacotille. On me prêterait même l'argent pour en acheter, et je ne rembourserais que lorsque je l'aurais revendue.

Le problème… C'était qu'on avait moins besoin de mousses que de solides matelots. Ça me coupa le souffle. Maintenant que j'avais décidé de m'embarquer, j'étais parti dans ma tête. Je ne pouvais plus rester, ou alors j'en mourrais.

Je précisai que j'aurais bien voulu embarquer sur le *Gaillard*. Depuis des mois qu'il veillait sur les côtes, il avait peut-être eu des malades, des désertions…

Timoléon feuilleta lentement des papiers, en cherchant quelque chose des yeux.

– Le *Gaillard*… Voilà… Six cents tonneaux… Un mousse avec une jambe cassée. Tu as de la chance, toi ! Seulement…

– Seulement ?

– Le *Gaillard* a besoin d'un mousse tout de suite, et il est basé à Brest…

– Ça ne fait rien, soufflai-je. Je m'arrangerai.

J'allais profiter de la frégate pour rejoindre Brest ! Mon projet avançait merveilleusement, c'était un miracle. « Tout de suite. » Je partais tout de suite !

– Naturellement, reprit Timoléon, tu as l'autorisation de ton tuteur pour t'embarquer…

Je restai sans voix. L'accord, Trémeur me l'aurait donné – bien content – mais la seule pensée d'avoir à le lui demander me révulsait. Et puis, ça prendrait du temps. Et si un autre mousse se présentait dans l'intervalle ?

– Remarque, reprit Timoléon, si ça t'ennuie, on peut s'arranger autrement. Il sait écrire, ton tuteur ?… Non ? Dans ce cas, c'est plus simple, je signerai pour lui. À toi…

Et il me tendit une plume.

Je ne savais écrire mon nom que du doigt, jamais je n'avais tenu en main ce genre d'outil. La mort dans l'âme, je dus me résoudre à signer le papier – qui scellait mon engagement – d'une croix, comme tous les ignorants.

Timoléon ouvrit alors la bourse qu'il avait l'habitude de faire tinter pour attirer les clients, et déposa dix livres sur la table en commentant :

– Les vingt restantes seront versées directement à ta mère, c'est la loi.

– Vingt ? soufflai-je. Mais, à la corderie, vous aviez dit *cent* d'avance.

– Eh ! Eh ! Moussaillon ! Cent, c'est pour les vrais matelots, pas pour les mousses !... C'est écrit là : « Six livres par mois, et trente d'avance. » (Il me montra, sur le papier, des lignes que j'étais évidemment incapable de déchiffrer.) C'est déjà bien payé.

Je ne trouvais pas. C'était moins qu'à la corderie, et j'avais la furieuse impression de m'être fait avoir.

– Tu ne croyais quand même pas embarquer comme capitaine ! plaisanta Timoléon.

Je ne le croyais pas, non.

Sans lui jeter le moindre regard, je ramassai mes dix livres avec colère. Ma mère n'avait pas tort de traiter les recruteurs de valets du diable. Si j'avais su lire...

Il était trop tard pour avoir des regrets et, d'ailleurs je n'en avais pas. Je partais immédiatement. Sur le *Gaillard*. Ça valait tous les sacrifices. Et puis je ne m'embarquais pas pour l'argent.

J’aurais juste aimé que ma mère touche une plus grosse somme, ça l’aurait aidée à supporter la situation.

J’ajoutai avec hargne :

– J’ai des amis qui veilleront à ce que la somme soit bien remise à ma mère.

– Tu me prends pour un malhonnête ? s’indigna Timoléon.

Je sortis sans répondre. En fait d’ami, je n’avais qu’Hanternoz à qui me confier, mais il était du genre à savoir faire respecter mes droits.

CHAPITRE 22

J'utilisai mes dix livres à acheter le fourniment indispensable : un bonnet de laine, un bragou de rechange, une chemise et deux paires de bas-de-chausses. Plus une corne de vache pour puiser de l'eau au tonneau. Le tout d'occasion, évidemment. Mais chaque pièce que je dépensais me comblait de bonheur. Je fis l'économie du caban et des bottes, en espérant que nous partirions pour les pays chauds avant l'hiver. Sinon j'utiliserais pour ça la première solde qui me serait versée. Il n'était pas question que je la boive comme Trémeur.

Je rentrai à l'Enclos grâce à une charrette qui allait y livrer du poisson. Heureusement, parce que je ne sais si j'aurais pu effectuer la route à pied tant j'étais fatigué. Comme il n'était pas encore midi, je dissimulai mes achats dans mon sac (où j'avais déjà rangé Charlotte et mon père) et me rendis à la corderie.

On ne me fit pas de remarque sur mon heure d'arrivée, on s'étonna juste que je sois venu travailler alors que je paraissais au bord de l'évanouissement.

De fait, je passai l'heure assis sur un banc, sans pouvoir rien entreprendre. Je ne serais de nouveau pas payé, il faudrait que je m'arrange avec ma mère pour que Trémeur ne s'en aperçoive pas.

Quand la cloche sonna, au lieu de rentrer à la maison, je me dirigeai vers le port. Je me sentais un peu mieux et, surtout, j'étais porté par le bonheur chaque fois que je tâtais le précieux papier sous ma chemise.

La frégate était à quai. On ne l'avait ni vidée ni couchée sur le flanc, ce qui signifiait que l'avarie n'était pas importante. Deux hommes discutaient à côté. Mon écrivain était là !

–Vous me reconnaissez ? demandai-je en m'approchant. C'est moi qui vous avais prié de déposer un message à l'île de l'Ascension.

–Ah oui…

–Je voulais vous dire que, pour le message, je le déposerai moi-même. J'ai mon billet d'embarquement. Sur votre bateau.

Et je lui tendis fièrement mon papier.

Il le lut avec attention.

–Bien, lâcha-t-il enfin, bien… C'est en règle. (Il n'avait pas l'air enthousiaste, et j'en fus déçu.) Ainsi, tu es mousse…

De peur qu'il ne me souligne lui aussi l'âpreté de la vie qui m'attendait, je coupai court en annonçant :

–Je suis solide. Et puis, je compte apprendre à lire et à écrire, comme ça je pourrais progresser.

Je n'osai parler de *capitaine de frégate*, de peur de me ridiculiser. J'ajoutai, un peu embarrassé :

– Si vous pouviez... m'apprendre à lire, sur le bateau, aux moments perdus... Je vous donnerais ma solde.

Il me considéra d'un œil amical et déclara :

– Tope-là, l'ami, c'est dit. Mais ta solde, ce serait beaucoup. Ne te tracasse pas pour le paiement. Quand nous rejoins-tu ?

– Tout de suite. Si je peux profiter de la frégate.

– Pourquoi pas ? J'en parlerai au capitaine. La couleur du ciel annonce une bonne brise pour demain. Avec l'aide de Dieu, il n'y aura pas besoin de battre les mousses pour qu'il y ait du vent dans les voiles. (Il rit.) Nous partirons à la pointe de l'aube. Le mieux, c'est que tu couches à bord pour être sûr de ne pas manquer le départ.

Mon cœur fit un bond. Tout en moi était en ébullition. La tête dans les nuages, je rentrai à la maison en courant. Ma mère n'était pas encore arrivée, ce qui me donna le temps à la fois de boucler mon sac et de me recomposer un visage serein.

Bien sûr, je ne parlai pas à ma mère de ma piètre prestation à la corderie et de la maigre solde que je gagnerais ce jour-là, puisque je ne travaillerais que l'après-midi. Et encore, si je pouvais.

Je ne pus pas. Ou du moins je ne pus pas me résoudre à y retourner. Ma vie était ailleurs, maintenant.

Je retrouvai Hanternoz près du magasin où on entassait les trésors du *Florissant*, en train de discuter avec un matelot. Il semblait inquiet, et le matelot agité. Je n'osai donc pas l'apostropher et me contentai de lui donner rendez-vous après le repas du soir, près de la frégate.

Trémeur ne rentra pas de la soirée et il ne nous manqua pas. Des bruits couraient qu'il avait joué aux dés et gagné de l'argent. Et, évidemment, il était parti s'en alléger sans tarder dans un cabaret du Port-Louis.

Mon cœur battait si fort que je redoutais que ma mère ne s'en aperçoive. Enfin, comme la nuit tombait, je fis ce que j'avais prévu : je lui parlai le plus naturellement possible du rendez-vous avec Hanternoz et ajoutai que je resterais coucher avec lui au hangar des célibataires.

Je regrettai de ne pas savoir écrire, je lui aurais laissé un mot pour m'expliquer. Elle l'aurait fait déchiffrer par quelqu'un après mon départ, et aurait pu plus facilement me pardonner. Je sortis de ma ceinture les deux malheureuses pièces d'un liard qui me restaient et les déposai discrètement sur le manteau de la cheminée.

Tout d'abord, je ne vis pas Hanternoz près de la frégate, et ça m'inquiéta. Puis je l'entendis m'appeler de son petit sifflement habituel. Il était dissimulé derrière des tonneaux qui attendaient sur le quai ! Il chuchota :

– Ne regarde pas de mon côté. Assieds-toi sur un tonneau et n'aie l'air de rien.

De plus en plus intrigué, j'obéis.

– Je suis fichu, reprit-il, j'ai été découvert. Ils savent que c'est moi qui ai volé la statuette. Il paraît que c'était précieux, qu'elle valait une fortune.

– Rends-la en vitesse.

– Tu parles, je ne l'ai plus ! Je l'ai vendue. Je me suis fait avoir sur le prix, d'ailleurs. Un marin m'a averti que les mousquetaires me cherchent. Ils ont bouclé les portes de l'Enclos. Je suis fichu, je te dis, je suis bon pour les galères.

Il y eut un silence. Je ne trouvai rien à répondre.

– Essaye de passer discrètement la porte demain matin, suggérai-je finalement.

– Comment ? L'alerte est donnée, ils fouilleront toutes les charrettes. Et, à pied, c'est encore pire… Il faudrait que je m'en aille à la nage, et je ne sais pas nager.

Il y eut un moment de silence.

– Le mieux, reprit Hanternoz, ce serait que je m'embarque discrètement sur cette frégate.

– Tu veux rire, elle est pleine d'armes de guerre ! Elle est gardée jour et nuit, et on ne peut pas monter à bord sans laissez-passer.

J'eus à peine prononcé ces mots qu'une boule glacée me descendit au fond de l'estomac.

–Mais qu'est-ce qui t'a pris, aussi, de voler ! m'emportai-je pour lutter contre mon désarroi.

–Je voulais de l'argent pour partir. J'aurais mieux fait de m'en tenir à ma première idée, voler de la poudre. C'était plus discret à revendre.

–C'est… pour ça que tu voulais travailler au magasin à poudre ?

Au lieu de répondre, Hanternoz gémit :

–Qu'est-ce que je vais devenir ? Je ne veux pas finir aux galères. Je ne veux pas !

Il aurait mieux fait d'y penser avant. Je demeurai là, immobile, comme si la baguette d'une fée m'avait pétrifié. Puis je m'entendis prononcer :

–Allons à la frégate. J'ai un contrat d'engagement, je vais dire que tu me remplaces.

Et, les mains tremblantes, refoulant l'affreux désespoir qui m'étreignait le cœur, je lui remis mon précieux papier. Et mon sac.

CHAPITRE 23

Je n'avais même pas repris Charlotte et mon père, mais je crois que leur place était auprès d'Hanternoz. C'était lui qu'ils devaient protéger, maintenant.

Je rentrai à la maison le cœur en charpie, me laissai tomber sur mon lit et étouffai mes larmes dans mon oreiller.

Je me réveillai avec les yeux gonflés et l'envie de mourir. Je ne voulais plus me lever, plus jamais. Seulement, comme je me refusais à parler de quoi que soit à ma mère, je fus bien obligé de me conduire le plus normalement possible. Elle saurait la vérité bien assez tôt, au moment où Timoléon apporterait mon avance et que je devrais lui dire de la remettre au tuteur d'Hanternoz, le seigneur lui-même. Comme s'il en avait besoin ! J'en étais déchiré de peine et de rage. J'avais tellement imaginé la jupe neuve que ma mère aurait pu acheter, la belle huche qui aurait remplacé notre coffre pourri !

Pourtant, je ne pouvais pas regretter. J'avais fait ce que je devais.

Je quittai la maison comme pour aller à la corderie et me dirigeai vers le muret de la poudrerie. Mais je n'arrivais plus à fixer la mer. J'évitais soigneusement de regarder vers la place vide de la frégate. L'écrivain me prenait sûrement pour un déserteur, pour un affreux trouillard, et cela m'était plus pénible que tout.

Je passai là ma journée, à regarder de loin la fin du déchargement du vaisseau. On en était à débarquer les billes de bois qui, en fond de cale, faisaient fonction de lest.

À midi, j'attendis l'apparition de Trémeur avec une certaine angoisse. Je ne pourrais pas éviter ses foudres lorsqu'il saurait que je n'avais encore gagné aucun argent. Surtout que j'étais trop abattu pour me défendre. J'avais même presque envie qu'il me frappe. Qu'il me frappe si fort que j'en mourrais.

Enfin, on entendit un pas traînant dans la ruelle, et un homme se profila à la porte. Tous mes muscles se nouèrent. On frappa.

Ce n'était pas Trémeur. C'était un vieux que nous ne connaissions pas. Il portait le grand bonnet de laine des matelots et, selon leur coutume[1], il ne l'ôta pas pour saluer. Il entra et, sans rien dire, posa une bourse sur la table.

1. Par égard pour les autres, car les bonnets étaient pleins de poux.

– Qu'est-ce que c'est ? s'inquiéta ma mère qui avait peu de foi dans les cadeaux tombés du ciel.

– C'est l'avance pour l'embarquement de votre fils.

Je me sentis mal. J'allais avouer que ce n'était pas ici qu'il fallait la donner lorsque, devant l'air incrédule de ma mère, l'homme reprit :

– Il n'a pas eu le temps de vous mettre au courant ? Ça ne m'étonne pas, remarquez. À mon avis, il s'est fait avoir par le recruteur. Ceux-là, ils savent vous soûler et ils vous feraient signer votre arrêt de mort sans que vous vous en aperceviez.

Sauf qu'on n'avait pas eu besoin de me soûler pour ça. Visiblement, l'homme ignorait qu'il s'agissait de moi et que je n'étais, malheureusement, pas parti.

– Trémeur s'est embarqué ? fit enfin ma mère avec ahurissement.

Et c'est là que je compris. Ma mère n'avait pas les mêmes raisons que moi de se méprendre sur ce qu'on lui disait.

– Pour ça, ajouta le marin, les cabarets du Port-Louis sont de vrais traquenards.

– Et… quand part-il ?

– Allons, remettez-vous ! La vie de matelot, il n'y a que ça de vrai. (Il secoua la tête.) C'est le destin du Breton. Votre fils s'est embarqué ce matin au Port-Louis, sur un vaisseau du roi.

Ma mère demeura muette de saisissement. Elle regardait les pièces que le marin lui comptait sur la table, sans faire un mouvement. Moi, je n'en croyais pas mes oreilles.

Trémeur ! Trémeur était parti sur un vaisseau du roi ?

Je mis un moment à réaliser tout ce que ça impliquait. J'étais débarrassé ! Débarrassé de mon frère ! Si, un jour, il revenait, j'aurais grandi, forci, il ne pourrait plus, jamais plus, m'imposer sa loi. J'en oubliai mon désespoir, je me sentis bien, tellement bien.

De bonheur, je grimpai en courant comme un fou jusqu'au moulin. Et là, je contemplai la mer avec volupté. Plus de frère sur le dos et soixante livres à la maison ! Je saluai en pensée la rade du Port-Louis. Adieu et bon vent !

Bien sûr, je retournerais à la corderie le lendemain, mais j'étais si soulagé que cette idée ne me faisait plus mal. Je dévalai la pente du moulin et traversai l'Enclos jusqu'à la boutique de l'apothicaire.

–Toujours aucun vaisseau à l'horizon, l'informai-je gaiement.

–Je m'en doute, soupira l'apothicaire.

Évidemment, il n'avait pas les mêmes raisons que moi d'être de bonne humeur.

–On a de très mauvaises nouvelles, reprit-il. Le *Coche* a quitté Pondichéry au mois de février avant de savoir que la guerre était déclarée.

Son découragement me doucha.

–Et alors ? soufflai-je.

–Alors, il a relâché au Cap sans se douter de rien… Au Cap ! Qui appartient aux Hollandais ! Il s'est aussitôt fait arraisonner, et sa cargaison a été confisquée. (Il ricana avec amertume.) Maintenant, mes bonnes plantes vont soigner les Hollandais…

–Vos plantes, lança un homme en entrant, et huit cent mille écus ! Le *Coche* et la *Normande* sont tous les deux aux mains des Hollandais. Huit cent mille écus, voilà ce que perd la Compagnie !

C'était M. Céberet.

–Et je ne suis même pas sûr qu'on puisse envoyer nos vaisseaux aux Indes cette année, poursuivit-il. Le roi en a besoin pour garder les côtes. D'ailleurs, je ne me verrais pas les risquer en mer en ce moment. C'est au point que je me demande comment le *Saint-Nicolas* et le *Lonray* vont rentrer du Bengale. Heureusement, ils ont été prévenus, ils vont différer leur retour. Mais jusqu'à quand ?

L'apothicaire haussa les épaules d'un air fataliste.

–La mer est ce qu'elle est. Bien fol est qui s'y fie. Ce garçon en sait quelque chose, monsieur le directeur, il a perdu son père sur le *Soleil d'Orient*. François Matelyer était l'écrivain du bord.

M. Céberet me regarda avec curiosité, et je me sentis rougir.

–Ah ! lâcha-t-il. Et toi, que fais-tu, mon garçon ?

–Je travaille à la corderie, répondis-je timidement. En attendant d'embarquer…

– Embarquer ? C'est bien. Quel grade viserais-tu ?

Stupéfait, je n'osai répondre.

– Il faut avoir de l'ambition, mon garçon ! Tu n'y as pas pensé ?

J'avalai ma salive avant de souffler :

– Si je pouvais... Capitaine de frégate... Mais ma mère refuse de me laisser partir comme mousse.

– Mousse, répéta le directeur en hochant pensivement la tête.

Un instant, je crus qu'il pensait à un embarquement pour moi. Cependant, il déclara :

– Si tu veux devenir capitaine de frégate, pourquoi ne suivrais-tu pas plutôt les cours de l'école d'hydrographie ?

Je m'attendais si peu à ça que je demeurai sans voix.

Il ajouta :

– Ton père était écrivain, tu ne dois pas être un imbécile. Tu sais lire, bien sûr...

Mes épaules s'affaissèrent. Je bredouillai que non. Que mon père avait disparu quand j'avais un an seulement et que, à la maison, on n'avait jamais eu l'argent pour...

M. Céberet eut l'air surpris.

– Pour les équipages péris en mer, nota-t-il, nous avons une caisse de secours. Leurs enfants doivent être admis gratuitement à l'école. Tu ne le savais pas ?

De plus en plus ébahi, je secouai négativement la tête.

– On a besoin de jeunes gens intelligents et courageux. Apprendre à lire et à écrire, et ensuite poursuivre tes études à l'école d'hydrographie, ça te plairait ?

J'eus soudain très chaud, puis très froid. Suffoqué, je répondis dans un souffle :

– Oh oui, monsieur.

– Alors je vais t'arranger ça. Viens me voir demain, à mon bureau.

Je quittai l'officine de l'apothicaire comme un somnambule. J'avais l'impression de rêver. Quelque chose m'étouffait. Trop de bonheur, trop. Et dire que, le jour d'avant, je me serais volontiers jeté à l'eau de désespoir…

Je descendis le sentier qui se faufilait entre le moulin et la poudrerie, et menait à un espace désert au bord de l'eau. Et là, je me mis à hurler à pleins poumons, par trois fois, comme pour me libérer de toute ma vie passée.

C'est là que j'aperçus un homme qui pêchait tranquillement avec une vieille ficelle.

– On dirait que ça va bien, remarqua-t-il.

Je le reconnus aussitôt. Le mendiant ! Le mendiant de la prédiction ! C'était un signe du ciel.

– Ça va très, très bien, répondis-je avec enthousiasme. Vous tombez à pic. Je voulais justement vous remercier. Vous m'aviez prédit que je porterais un jour l'uniforme de capitaine de frégate, et aussi que je ne commencerais pas comme mousse.

Il me regarda avec curiosité et lâcha :

– Ah oui… Je te reconnais…

– Votre prédiction va se réaliser. La Compagnie va payer mes études !

Il me considéra un moment, une lueur amusée dans les yeux, puis il me dit :

– Donne-moi une pièce, et je te révèle quelque chose d'important.

Je me sentis pris de court. Une sournoise inquiétude m'envahit. Mon bonheur était si total que rien de ce qu'il m'annoncerait ne pourrait y ajouter. Il ne pouvait donc qu'y retrancher. J'eus soudain une peur terrible qu'il ne me le souffle comme une chandelle.

– Allons, ne crains rien, insista-t-il.

J'avais sur moi les deux liards que j'avais récupérés sur la cheminée. J'hésitai encore un instant et finis par lui en donner un.

– Voilà, reprit-il. Un jour, j'étais à Larmor, près de la boulangerie, à attendre l'aumône, quand je te vois sortir. Tu étais si furieux que tu n'as même pas remarqué ma présence. En passant près de moi, tu as grogné qu'ils verraient, tous, quand tu serais capitaine de frégate. Ça te rappelle quelque chose ?

L’envie de me boucher les oreilles me quitta subitement. Intrigué, je hochai vaguement la tête. C’était le jour des berniques.

– Je t’ai suivi jusque chez toi et, pour qu’on me donne à manger, j’ai fait le voyant.

– Comment ça ? soufflai-je.

– J’ai dit que je te voyais capitaine de frégate, les gens aiment toujours qu’on les flatte. Seulement, ensuite, quand j’ai compris que ta mère n’était pas d’accord pour que tu sois mousse, j’ai précisé que tu commencerais plus haut. Et voilà. Quand on doit sa survie à la générosité des autres, on évite de les contrarier.

Je le fixai d’un air éberlué.

– Et puis, ajouta-t-il, quand on prédit un grand avenir à quelqu’un, il prend à cœur de l’accomplir. Ça ne peut faire que du bien. Tu vois, ça t’a fait du bien.

Comprenant subitement la teneur de ce qu’il me disait, je secouai la tête avec ahurissement, puis j’éclatai de rire. Je riais, je riais, je ne pouvais plus m’arrêter.

– Non, non… hoquetai-je enfin. Vous vous trompez, je vous assure… Vous avez un don !

J’en pleurai. Une larme de joie tomba même dans le creux de ma main, sur la dernière pièce de monnaie qui y restait. Elle se mit à briller, et j’eus l’impression qu’elle me faisait un clin d’œil. Sans réfléchir, je la tendis au « voyant ».

Il la regarda avec amusement, la glissa dans sa ceinture et conclut :

– Tu vois, il faut aussi savoir à quel moment révéler la vérité.

Et il se mit à rire avec moi.

Nous regardâmes tous deux vers la mer. Le ciel était doré du côté du couchant.

Aujourd'hui encore, l'épave du Soleil d'Orient *est l'une des plus recherchées au monde, à cause des immenses trésors qui dorment dans ses flancs.*

POUR EN SAVOIR PLUS...

Anne de Bretagne (1477-1514) (p. 134) : dernière duchesse de Bretagne, très aimée de ses sujets. Elle est contrainte d'épouser successivement les rois de France Charles VIII (en 1491) et Louis XII (en 1499), mais veille jusqu'à sa mort à conserver l'indépendance de la Bretagne. Sa fille Claude de France, qui en hérite, ne peut la préserver : elle apporte la province en dot au roi François Ier, son époux. La Bretagne est définitivement rattachée à la France en 1532.

Coche d'eau (p. 132) : bateau tiré par des chevaux et servant au transport des voyageurs sur les rivières. Les routes étant en très mauvais état, on voyageait souvent par ce moyen.

Colbert, Jean-Baptiste (1619-1683) (p. 58) : fils d'un riche marchand drapier, il commence sa carrière politique au service de Mazarin, dont il gère la fortune personnelle. Ce dernier le recommande au roi Louis XIV qui en fait son surintendant dès 1663. Dès lors, pendant plus de 20 ans, il sera le véritable administrateur des affaires du royaume, cumulant les titres et les fonctions : contrôleur général des finances, surintendant des Bâtiments du roi, secrétaire d'État à la Maison du roi et à la Marine… Son action principale porte sur l'économie : tout est mis en œuvre pour augmenter la richesse intérieure du royaume. L'industrie naissante est favorisée : l'importation de biens manufacturés est limitée par tout un système de taxes. L'exportation est encouragée par le développement de la marine, l'aménagement des ports et des voies de communication, la création de grandes compagnies à monopole, comme la Compagnie des Indes orientales en 1664.

Compagnie des Indes orientales françaises (p. 31) : compagnie commerciale, à privilèges royaux, fondée par Colbert en 1664. Elle reçoit pour 50 ans le monopole de la navigation et du commerce avec les pays d'Orient (surtout Inde et Chine). Ce monopole se met en place par l'acquisition d'établissements commerciaux sur les côtes indiennes : les « comptoirs ».

Dans un premier temps, la Compagnie s'installe dans la rade de Port-Louis (voir carte). En 1666, par manque d'espace, d'autres terrains sont achetés et le chantier naval est implanté au lieu-dit Le Féandik, site de la future ville de Lorient. Au départ, on ne compte que quelques hangars et ateliers ainsi que des cabanes pour loger les ouvriers. Mais très vite, le site prend de l'importance : on construit des bâtiments en dur, des magasins pour recevoir les marchandises, des logements pour le personnel et les équipages. Un nouveau quartier voit le jour : le Parc, où vivent les notables et le directeur de la Compagnie en personne. Entre-temps, la Compagnie met en chantier ses premiers navires : deux frégates et un vaisseau : le *Soleil d'Orient* (achevé en 1671).

Courtil (p. 21) : petit jardin attenant à une maison, où l'on cultivait de quoi subvenir aux besoins de la famille : légumes pour la soupe, lin et chanvre à tisser pour fabriquer des vêtements. Il était généralement entretenu par la femme et les enfants.

Édit de Nantes (p. 64) : édit signé à Nantes par Henri IV le 13 avril 1598 qui met fin aux guerres de Religion en accordant aux protestants la liberté de culte. Le 18 octobre 1685, Louis XIV révoque l'édit de Nantes. Cette révocation, précédée par une persécution (les « dragonnades »), entraîne notamment la démolition des temples et l'exil de 200 000 à 300 000 protestants.

Esclave (p. 177) : le commerce d'esclaves noirs venus d'Afrique connaît son apogée au XVIIIe siècle. Il prend alors le nom de « commerce triangulaire ». Les navires négriers quittent les grands ports européens – en France, Nantes, Bordeaux, La Rochelle et Le Havre – à destination de l'Afrique. Ils sont chargés de présents sans grande valeur, mais aussi d'armes, qui seront échangés contre les esclaves. Ils prennent livraison des esclaves sur les côtes africaines puis font voile vers l'Amérique du Nord, la Guyane, les Antilles… Là-bas, les esclaves qui ont survécu à la traversée sont vendus à de riches planteurs. Les négriers retournent alors en Europe les cales chargées de marchandises (coton, tabac, café…).

Fort-Dauphin (p. 185) : forteresse construite par les Français au sud de Madagascar. Il fut attaqué en 1674, les Français survivants s'enfuirent et allèrent peupler l'île Bourbon (aujourd'hui la Réunion).

Galère (p. 51) : bateau de guerre, à voiles et à rames, appartenant au roi. Les condamnés y sont envoyés comme rameurs. Ce sont le plus souvent des criminels, mais aussi des contrebandiers (surtout les trafiquants de sel, qu'on appelait « faux sauniers ») ou des protestants.

Guerre de la ligue d'Augsbourg (1688-1697) (p. 63) : ce conflit oppose la France de Louis XIV à une coalition d'États européens, essentiellement l'Angleterre, la Hollande, et l'Autriche. Sur la scène anglaise, le roi de France s'oppose à Guillaume d'Orange. Ce dernier, protestant, chef des Provinces-Unies (aujourd'hui les Pays-Bas) et ennemi juré de Louis XIV, accède au trône d'Angleterre et au titre de Guillaume III, en épousant Marie II Stuart. Sur la scène continentale, la politique de Louis XIV est dirigée contre les Habsbourg, dynastie qui contrôle l'Autriche, la Hongrie, l'Espagne, et une large part de l'Amérique. En 1688, Louis XIV est résolu à supplanter les Habsbourg en installant son fils sur le trône d'Espagne. En 1689, l'Angleterre, les Provinces-Unies et les pays contrôlés par les Habsbourg forment la ligue d'Augsbourg pour contrer les ambitions de Louis XIV. Guillaume III prend la tête de la ligue. Il contrôle en effet les flottes anglaise et hollandaise, seules capables d'imposer un blocus maritime à la France. En 1697, le traité de Ryswick met fin au conflit. La France conserve la ville de Strasbourg et l'Alsace, mais doit renoncer à la rive droite du Rhin. Louis XIV reconnaît les droits de Guillaume d'Orange au trône d'Angleterre.

Pondichéry (p. 14) : l'un des comptoirs français en Inde, et siège de la Compagnie des Indes orientales. En 1763, suite au traité de Paris, la France perd tous les territoires qu'elle avait acquis en Inde au profit de l'Angleterre, à l'exception de ses comptoirs : Pondichéry, Chandernagor, Mahé, Yanaon et Karikal. Ces territoires coloniaux restés français deviennent autonomes en 1939 et sont restitués à l'Inde, devenue indépendante, entre 1952 et 1954.

Scorbut (p. 56) : maladie due à un manque de vitamine C et qui se manifeste par des saignements.

Sévigné (Marquise de, 1626-1696) (p. 132) : grâce aux innombrables lettres qu'elle écrivit à sa fille, on sait beaucoup de choses sur la vie quotidienne au XVIIe siècle. Sa visite aux chantiers de L'Orient est avérée par l'une de ses lettres ; elle y décrit ses réactions en découvrant, le 12 août 1689, « un lieu qu'on appelle L'Orient ». Ce jour-là, elle est accompagnée par le gouverneur de Bretagne, le duc de Chaulnes, et son épouse.

Siam (p. 67) : aujourd'hui la Thaïlande. La première ambassade envoyée en France par le roi du Siam disparaît à bord du *Soleil d'Orient* en 1681. La deuxième ambassade, en 1684, ne comporte prudemment que deux envoyés. La troisième, en 1686, est plus importante et marque les esprits. Elle débarque à Brest, dont une rue porte encore le nom de « rue de Siam », et traverse une partie de la France pour se rendre à Paris.

Sou (p. 139) : unité monétaire. Un sou vaut 4 liards. Une livre vaut 20 sous. Un kilo de pain coûte 2 sous.

QUELQUES REPÈRES...

1532 : la Bretagne, jusque-là indépendante, est rattachée au royaume de France.

1643 : Louis XIV roi de France, régence d'Anne d'Autriche, pouvoir exercé par le cardinal Mazarin.

1661 : mort de Mazarin. Début du règne personnel de Louis XIV.

1662 : Louis XIV s'autoproclame « Roi-Soleil ». Une terrible famine frappe le royaume de France.

1664 : Colbert crée la Compagnie des Indes orientales françaises.

1666 : la Compagnie des Indes installe ses chantiers sur le site de L'Orient, future ville de Lorient.

1671 : premier voyage du *Soleil d'Orient*.

1679 : le *Soleil d'Orient* quitte Lorient pour son dernier voyage.

1681 : le *Soleil d'Orient* disparaît au large de Madagascar.

1688 : début de la guerre contre la ligue d'Augsbourg. La marquise de Sévigné séjourne à L'Orient.

1715 : mort de Louis XIV.

POUR ALLER PLUS LOIN...

Romans et récits

COUÉ (Jean), *René Madec, le nabab du grand Moghol*, Liv'éditions, 1997 (l'histoire d'un marin breton parti défendre les intérêts du roi à Pondichéry).

SÉVIGNÉ (marquise de), *Lettres*, coll. « Étonnants classiques », coll. « GF » Flammarion, 2003.

Documentaires

GAUSSEN (Dominique), *Le Siècle de Louis XIV*, coll. « Regard junior », Mango-Jeunesse, 2001.

Tes héros dans l'Histoire

– 3000 av. J.-C. 476 apr. J.-C.

Préhistoire | Antiquité | Moy

Rahan
La Guerre du feu

Astérix et Obélix
Gladiator

Les chevalier
Notre-L

HAUDRÈRE (Philippe), LE BOUÉDEC (Gérard), *Les Compagnies des Indes*, coll. « Mémoires de l'histoire », Ouest-France, 2001.
O'NEILL (Amanda), *Les Bateaux*, coll. « Tout un monde », Nathan, 2000.

Bande dessinée

GIROUD (Franck), NORMA, *Pieter Hoorn*, vol. 1, *La Passe des cyclopes*, Glénat, 1991, vol. 3, *La Baie des Français*, Glénat, 1995.

Sites Internet

www.compagnie-des-indes.com
www.musee-marine.fr

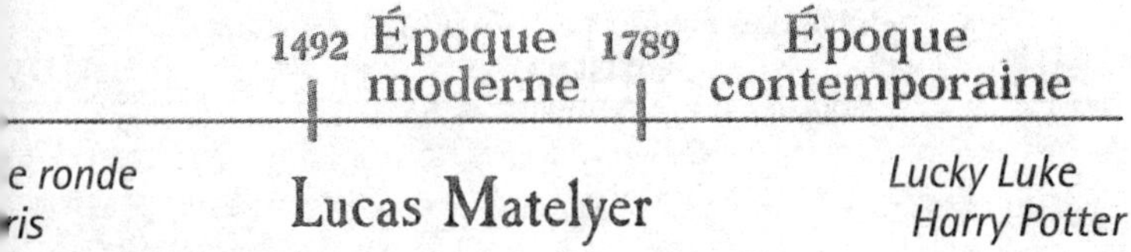

Les cartes, le glossaire, la chronologie et la bibliographie
sont de la seule responsabilité des Éditions Milan.

Loi 49-956 du 16 juillet 1949
sur les publications destinées à la jeunesse

Achevé d'imprimer par Novoprint
en Espagne
Dépôt légal : 3e trimestre 2003